10
18

12, AVENUE D'ITALIE. PARIS XIIIe

Sur l'auteur

Lilian Jackson Braun, née en 1916, partage aujourd'hui sa vie entre le Michigan et la Caroline du Nord. Durant ses études à Detroit, elle publie des « Spoems » – poèmes sportifs consacrés au base-ball – dans un quotidien local, puis dans plusieurs magazines nationaux. Après avoir envisagé d'enseigner, elle fait finalement carrière dans la publicité et la communication. Dans le même temps, elle vend ses premières nouvelles félines à divers magazines, dont le prestigieux *Ellery Queen's Mysteries Magazine*. En 1966, Lilian Jackson Braun écrit la première intrigue de la série policière qui met en scène Jim Qwilleran et ses chats détectives. Malgré l'engouement du public, elle interrompt la série jusqu'en 1986, où, à l'âge de soixante-dix ans, elle publie *Le chat qui voyait rouge*, qui rencontre alors un succès retentissant jamais démenti depuis. Le tome 28, *Le chat qui jetait des peaux de banane*, a reçu en 2005 le prix de la Fondation 30 millions d'amis.

Lilian Jackson Braun a également publié deux recueils de nouvelles, *Short and Tall Tales* (2002) et *The Private Life of the Cat Who...* (2003), à paraître en 10/18.

LILIAN JACKSON BRAUN

LE CHAT
QUI PARLAIT
DINDON

Traduit de l'américain
par Marie-Louise NAVARRO

INÉDIT

10/18

« *Grands Détectives* »
dirigé par Jean-Claude Zylberstein

Du même auteur
aux Éditions 10/18

Titre original :
The Cat Who Talked Turkey

À Earl Bettinger, le mari qui...

Remerciements

À Earl, mon autre moi-même, pour son amour conjugal, ses encouragements, et son aide de plus de cent façons.

À ma secrétaire, Shirley Bradley, pour son habileté et son enthousiasme.

À mon éditeur, Natalee Rosenstein, pour sa confiance dans *Le Chat qui...* dès le tout début.

À mon agent littéraire, Blanche C. Gregory, Inc., pour l'agréable association de toute une vie.

Aux véritables Kokos et Yom-Yoms pour leurs cinquante années d'inspiration.

PROLOGUE

Dans le comté de Moose, à six cents kilomètres au nord de partout, Jim Qwilleran est aimé de tout le monde. Pas seulement parce que c'est un riche célibataire qui dépense facilement son argent. Ni parce qu'il écrit une chronique pleine d'entrain dans le journal local. Ou parce qu'il ose se singulariser. (Il vit seul, dans une grange, avec deux chats.) En vérité, c'est un personnage imposant : grand, bien bâti, d'âge moyen et paré d'une moustache luxuriante, admirée par les hommes et adorée par les femmes. Non, les braves gens du comté de Moose aiment Qwilleran parce qu'il sait écouter.

En tant que journaliste, il est exercé à tendre l'oreille et il ne sort jamais de chez lui sans un magnétophone en poche. Il a aussi connu au milieu de sa vie une période où il s'était mis à boire, ce qui lui a donné à l'égard d'autrui une bienveillante compréhension qui se reflète dans son regard mélancolique et dans sa façon d'exprimer sa sympathie.

Selon son permis de conduire, il est James Mackintosh Qwilleran — écrit avec *Qw*. Pour ses amis, il est Qwill. Pour tout le monde c'est Mr. Q.

Depuis qu'il s'est installé dans le comté de Moose où les premiers habitants étaient écossais, Qwilleran a pris conscience de son propre héritage écossais. (Sa mère était une Mackintosh.) À l'occasion, il porte le kilt, apprécie le son de la cornemuse et cite Robert Burns : « Les plans les mieux conçus des souris et des hommes souvent ne se réalisent pas. » Et il explique : « Tout est allé de travers. »

Un certain été, ses propres plans étaient ambitieux. En plus d'écrire sa chronique bihebdomadaire, « La Plume de Qwill », pour le *Quelque Chose du Comté de Moose*, de donner, dans les bibliothèques publiques, des lectures du nouveau livre qu'il venait de publier, et de commencer à en écrire un autre, en plus de tous ces projets personnels, il avait décidé de participer à la préparation du cent cinquantenaire de la ville de Pickax qui devait avoir lieu l'année suivante, de s'intéresser à la création de la nouvelle librairie à Pickax — et d'autres choses encore !

Puis, tout finit en queue de poisson.

CHAPITRE PREMIER

L'une des chroniques bihebdomadaires de Qwilleran affirmait récemment : « Une ville sans librairie est comme un poulet à une patte. »

Ses fervents lecteurs acquiescèrent — même ceux qui n'avaient jamais acheté un livre de leur vie — et la Fondation Klingenschoen à Chicago, qui gérait l'héritage de Qwilleran, considéra que l'ouverture d'une librairie serait un investissement intéressant.

Pendant cinquante ans, feu Eddington Smith avait vendu des livres d'occasion dans un bâtiment pittoresque situé derrière le bureau de poste. Deux jours après sa mort un incendie avait ravagé la boutique de fond en comble et des milliers de pages imprimées furent réduites en cendres. L'emplacement constituerait un lieu idéal pour une nouvelle librairie, marquant la fin d'une époque et le début d'une aventure brillante pour les lecteurs. Elle serait construite sur le site historique où le grand-père d'Eddington avait autrefois ferré des chevaux et forgé des roues de charrette. Peut-être la maréchalerie n'avait-elle pas été sa seule façon de faire vivre sa famille. Il y avait eu des rumeurs...

Tout cela mis à part, la forge du XIXᵉ siècle allait

être la scène d'une cérémonie d'inauguration des travaux. Les braves gens du comté de Moose aimaient les événements festifs : parades, restaurations de granges, foires aux bestiaux, longues processions lors de funérailles, etc. Mais ils n'avaient encore jamais assisté à une levée officielle de la première pelletée de terre. Il y aurait une tribune pour les dignitaires, de la musique entraînante par l'orchestre du lycée et une pelle mécanique parée de guirlandes de fleurs pour le terrassement. On suggéra que le maire grimpe sur le siège du conducteur pour donner le premier coup.

— Êtes-vous cinglés ? s'écria Amanda Goodwinter. Même si vous me payiez, vous ne pourriez pas me faire monter sur ce maudit engin avec ces fleurs stupides !

Le samedi, des véhicules s'engouffrèrent dans les rues de Pickax en provenance de toutes les directions. Des journaux de trois comtés avaient envoyé des reporters et des photographes. On avait fait appel à la police d'État pour aider les assistants du shérif et la police municipale à régler la circulation. On n'avait jamais assisté à une telle célébration dans l'histoire de la ville. Qwilleran était là et il relata les faits dans son journal intime.

Samedi 31 mai. — Eddington Smith se retournerait dans sa tombe ! C'était un homme d'honneur bien élevé, modeste, et il n'aurait jamais voulu que soit connue la confession de sa grand-mère sur son lit de mort. Mais il n'existe pas de secret dans le comté de Moose, et tout le monde semblait savoir que le grandpère d'Eddington n'était pas seulement forgeron, mais aussi, en fin de semaine, pirate. Il nouait un bandeau rouge autour de sa tête et voguait sous le pavillon noir, fondant sur les bateaux qui apportaient des pièces d'or au Nouveau Monde pour acheter les peaux de castor tellement recherchées en Europe. Une rumeur circulait selon laquelle le butin était enterré à un certain endroit, maintenant recouvert d'asphalte.

Aussi, au lieu de quelques centaines de spectateurs, il y en avait des milliers. Les routes du comté ainsi que les rues de la ville étaient bouchées par des gens en quête de sensationnel. Des familles entières étaient là, avec leurs pique-niques et leurs pliants. Le butin du pirate serait-il retrouvé ? Ou était-ce juste une rumeur ? On pariait entre amis — rien au-dessus d'un quart de dollar. L'idée était d'avoir quelque chose à raconter aux générations futures.

Puis on entendit des sirènes. La police d'État escortait les équipes de télévision qui étaient arrivées de façon inattendue du Pays d'En-Bas par charter. Les médias de la capitale étaient toujours sur le qui-vive face aux événements bizarres chez ces bouseux du Pays d'En-Haut ! Et, à l'ère du numérique, un trésor enterré devenait bizarre.

L'orchestre du lycée arriva dans un autobus scolaire, puis s'accorda à grand bruit et de façon peu harmonieuse durant une demi-heure, excitant la foule.

La police déroula ses bandes jaunes autour de l'endroit à creuser. Les dignitaires prirent place sur l'estrade. Le conducteur de la pelle était juché sur son siège élevé. Les policiers et les assistants du shérif se déployèrent, armés, autour du site, face à la foule.

L'orchestre entonna *Stars and Stripes Forever*, en écorchant presque toutes les notes, et la pelle manœuvra pour se mettre en position. La flèche s'éleva et le godet s'abaissa avec un claquement retentissant. Les spectateurs parurent retenir leur respiration d'un même mouvement tandis que la machine reculait et avançait, cognait, remblayait, déchargeait et pelletait. Finalement un cri s'éleva de la foule. La benne ramenait un coffre cerclé de fer.

Le chef de la police, Andrew Brodie, s'avança et l'ouvrit. Il étendit ses mains, paumes retournées dans un geste de dénégation : le coffre était vide !

Des grognements de désappointement se transformèrent bientôt en éclats de rire. Les braves gens du comté de Moose aimaient une bonne plaisanterie, même à leurs dépens, et celle-ci l'était certainement. Les seuls qui ne riaient pas, ne se réjouissaient pas, ne criaient pas étaient les médias venus d'ailleurs, et cela amusait encore plus les autochtones ; ils aimaient jouer un bon tour aux étrangers.

Même les anciens de Pickax ne se souvenaient pas d'une année aussi sensationnelle. Le vieil Opéra avait été restauré et rendu à ses fonctions premières. Des projets étaient élaborés pour célébrer les cent cinquante ans de la ville. L'équipe locale de foot avait arraché la victoire au comté de Bixby. Et le Fonds K. construisait une librairie.

Ce n'était pas seulement une rumeur. Le sol avait déjà été creusé. Polly Duncan, demeurée directrice de la bibliothèque municipale pendant vingt ans, avait donné sa démission afin de prendre la direction de cette nouvelle aventure. Elle était allée à Chicago à deux reprises pour consulter les « têtes pensantes » du Fonds K., comme la fondation philanthropique était appelée.

Il y avait aussi un événement d'une nature moins heureuse, mais l'affaire était plus ou moins étouffée. Le corps d'un homme bien vêtu, sans papiers d'identité, avait été retrouvé dans une zone boisée près de la plage. Il avait été tué par balle, dans ce qui ressemblait à une exécution. C'était arrivé le jour de l'inauguration des travaux et les amateurs de rumeurs avaient échoué à trouver un lien entre ces deux affaires.

Qwilleran s'éloigna du site des travaux et rentra à pied chez lui. Sa grange n'était qu'à quelques pâtés de maisons du centre-ville, mais elle était masquée par un bois épais. Bien que ce ne fût que l'adresse privée d'un couple de félins choyés, c'était une merveille architecturale pour les habitants du comté de Moose. Sa structure octogonale datant d'un siècle et d'une hauteur de quatre étages se dressait dans la cour de ferme comme un ancien château, construite en pierre de taille et en bardeaux patinés par le temps.

À l'origine, elle avait abrité des charretées de pommes attendant d'être transformées en cidre. Maintenant les greniers et les échelles avaient disparu, comme était abolie l'obscurité intérieure. Des fenêtres aux formes curieuses avaient été percées à

différents niveaux et toutes les surfaces de bois —
poutres, chevrons, cloisons — avaient été décapées
jusqu'à offrir une chaude couleur miel.

L'espace habitable comprenait trois balcons,
reliés par une rampe qui montait en spirale le long
des murs intérieurs. Au cœur du rez-de-chaussée se
dressait une monumentale cheminée blanche en
forme de cube qui délimitait des zones, avec des
tuyaux qui s'élevaient jusqu'au toit, à douze mètres
au-dessus du sol.

Aux chats Qwilleran disait :

— Aussi humble soit-elle, il n'y a rien de tel que
sa propre maison.

Pour toute réponse, Koko miaulait et Yom Yom
éternuait délicatement.

Aujourd'hui, en arrivant chez lui, il s'attendait à
trouver le comité d'accueil à la fenêtre de la cuisine.
Il n'y était pas.

Après avoir ouvert la porte, il vit Yom Yom blot-
tie sur le coussin bleu au-dessus du réfrigérateur,
l'air inquiet. Koko arpentait le sol avec contrariété.

— Est-ce quelque chose que vous avez mangé ?
demanda Qwilleran d'un ton facétieux.

Soudain le chat poussa un hurlement à vous glacer le sang, débutant par un grondement sourd
venu du fond de ses entrailles et se terminant par un
cri aigu.

Qwilleran frissonna. Il reconnaissait le « cri de
mort » de Koko ! Quelqu'un, quelque part, était victime d'un mauvais coup !

Nulle explication à cela, sauf que certains chats,
comme certains humains, possèdent des pouvoirs
médiumniques.

Koko et Yom Yom étaient deux siamois pure race, avec des corps beige pâle accentués par des « marques » sombres. Le mâle avait une apparence majestueuse. La femelle était plus fine, plus douce, bien qu'elle eût du caractère. Tous deux possédaient les incroyables yeux bleus de la race.

Koko était le communicateur de la famille. Il commandait ses repas, accueillait les visiteurs, leur disait quand il était temps de rentrer chez eux et exprimait toujours le fond de sa pensée, par des cris perçants ou par un indéchiffrable *ik-ik-ik*.

Ils savaient que c'était l'heure du dîner et envoyaient des ondes télépathiques en direction de Qwilleran ; assis sous la table de la cuisine, ils fixaient leurs assiettes vides. Il hacha des morceaux de dinde achetés chez le traiteur et observa les chats. Koko ne releva la tête qu'une seule fois, et ce fut pour regarder le téléphone mural. Quelques secondes plus tard, il sonna. Polly Duncan, la principale femme de la vie de Qwilleran, appelait de Chicago où elle était allée s'entretenir avec les gros bonnets de la Fondation Klingenschoen. Elle devait revenir par avion le lendemain matin. Qwilleran dit qu'il irait l'attendre à l'aéroport et demanda si elle lui rapportait quelque chose de la grande ville.

— Oui, et vous allez adorer !
— De quoi s'agit-il ? Donnez-moi un indice.
— Pas d'indices ! *À bientôt*[1].
— *À bientôt*.

Plus tard ce même soir, alors que Qwilleran était

---

1. En français dans le texte. *(N.d.T.)*

plongé dans un traité passionnant du *Wilson Quarterly*[1], Koko sauta sur une étagère de livres et se mit à miauler ; il voulait que Qwilleran lise à haute voix. Les chats aimaient le son de sa voix, et Yom Yom adorait se blottir sur sa poitrine pour sentir les vibrations. Koko alla jusqu'à sélectionner un titre et Qwilleran lut l'histoire du hibou et du chat-minou qui allaient en mer sur un beau bateau vert[2] ; il embellissait le texte de hululements, de ronronnements et de miaulements. Il pensa : « Comment un animal qui ne peut pas lire ou comprendre le langage... comment peut-il choisir un livre parmi d'autres ? » C'était là un sujet de réflexion.

L'avion de Polly devait arriver à midi le dimanche. Dans le comté de Moose, toutes les liaisons avec Chicago — ou ailleurs — avaient, de manière constante, une heure de retard, et les amis et parents qui attendaient les passagers étaient à l'heure, de façon tout aussi constante. Ils aimaient attendre et faire des commentaires sur le service. Ils disaient :

— La queue de l'appareil s'est détachée et ils sont à court de ruban adhésif.

— La femme pilote a dû aller chez le coiffeur.

— Ils ont oublié de faire le plein et ont dû s'arrêter à Milwaukee.

Le persiflage était une vieille coutume du comté de Moose, remontant au temps des pionniers, quand

1. Newsmagazine américain pour public cultivé. *(N.d.T.)*
2. Une des *Chansons ineptes* d'Edward Lear (peintre et humoriste anglais du XIXᵉ siècle) citée d'après la traduction de H. Parisot. *(N.d.T.)*

le sens de l'humour aidait les immigrants à faire face à l'inconfort, aux épreuves et même aux désastres.

Quand le brave petit avion cahota enfin jusqu'au terminal, Polly fut la dernière à descendre, en se tenant péniblement à la rampe comme si elle croyait au mythe selon lequel l'avion était construit avec des morceaux recyclés de vieilles bicyclettes.

Qwilleran s'avança, prit son sac de voyage et dit qu'il allait chercher sa valise — s'ils trouvaient un ouvre-boîte pour ouvrir la soute à bagages. Tous deux se montraient discrets lors des retrouvailles. Des bavards surveillaient toujours tout signe de romance entre la bibliothécaire et le journaliste.

— Vol convenable ?

— Supportable. Comment s'est passée l'inauguration des travaux ?

— De façon prévisible. Le coffre était vide.

— Il faudrait le placer en permanence dans une vitrine de la librairie.

— Aimeriez-vous vous arrêter pour déjeuner *Chez Pompette* ?

— Je crois que non, mon ami, dit Polly. Il y a eu beaucoup de repas bien arrosés, en dehors des réunions épuisantes. J'ai seulement envie de rentrer à la maison, de caresser mes chats, de manger du fromage blanc et des fruits, afin d'être en forme pour travailler demain... C'est si paisible ici !

Ils roulèrent vers le Village Indien, passèrent devant les élevages de moutons, les champs de pommes de terre et les mines abandonnées. Après un bref silence, elle ajouta :

— Benson va venir cette semaine.

— Qui donc ?

— L'architecte de la librairie. Il veut rencontrer les entrepreneurs et il meurt d'envie de voir votre grange. Je la lui ai décrite et il prétend que c'est impossible du point de vue architectural. C'est un homme intéressant.

Qwilleran souffla sous sa moustache. Chaque fois que Polly quittait Pickax, elle rencontrait un homme « intéressant ». D'abord il y avait eu un entraîneur de chevaux à Lockmaster, puis un professeur à Montréal, un antiquaire en Virginie et maintenant cet architecte de Chicago.

Polly poursuivit :

— Le Fonds K. pense que nous devrions appeler la librairie *Le Phénix*, d'après l'oiseau égyptien mythique qui renaît de ses cendres.

— Sont-ils sérieux ? Les autochtones voudront savoir pourquoi nous lui donnons le nom de la capitale de l'Arizona[1] ! Je pense que nous devrions organiser un concours dans tout le pays pour trouver un nom.

— Je crois que vous avez raison, mais je voulais vous l'entendre dire... Êtes-vous allé voir Brutus et Catta ?

— Ils paraissent heureux, mais je pense que votre cat-sitter les nourrit trop. Comme vous l'avez demandé, j'ai rempli votre réfrigérateur de tout ce que vous aviez indiqué sur votre liste.

Ils restèrent soudain silencieux en traversant les grilles du Village Indien, puis ils passèrent devant la maison du gardien sur la droite, et le club-house sur

1. En anglais, « phénix » : *phoenix. (N.d.T.)*

22

la gauche, pour se diriger vers River Road avec ses immeubles en copropriété.

Qwilleran s'arrêta devant le premier, les Saules.

— Courez vite embrasser vos chats, je m'occupe des bagages, dit-il.

— Aimeriez-vous rester pour partager le fromage blanc et les fruits ? demanda-t-elle de cette voix douce et vibrante qui l'avait attiré dès leur première rencontre.

Le fromage blanc était loin d'être son plat préféré. Il hésita une fraction de seconde.

— Oui, je pense que je resterai volontiers.

Plus tard dans l'après-midi, Qwilleran prit un bloc-notes et quelques crayons jaunes — avec les siamois et le téléphone sans fil — pour se rendre dans le belvédère. C'était un pavillon d'été octogonal, grillagé sur ses huit côtés, situé au milieu du jardin des oiseaux, à quelques mètres de la grange. Il commença à rédiger sa chronique de mardi. Yom Yom poursuivit sa manie de donner des coups de patte aux insectes qui voletaient de l'autre côté de l'écran. Koko se blottit sur le sol et surveilla une famille de sept corbeaux qui se pavanaient de long en large pour son bénéfice. Était-ce les mêmes qui étaient venus leur rendre visite l'été précédent ? Il les appelait les Bunker, du nom du Pr Teresa Bunker, corvidologiste. Il la considérait comme un peu piquée, à l'exemple de son cousin Joe, le météorologiste de la station de radio locale, la WPKX. Joe avait pris le pseudonyme de Wetherby Goode et il épiçait ses prédictions sur le temps de plaisanteries et de ritournelles.

Les ruminations de Qwilleran furent interrompues par un appel téléphonique.

Il venait de son ami Thornton Haggis — tailleur de pierre en retraite, passionné d'histoire et infatigable bénévole.

— Salut, Qwill! Êtes-vous occupé? J'ai quelque chose pour vous... et quelque chose à vous raconter aussi.

— Où êtes-vous?

— Je suis venu donner un coup de main au Centre artistique. Je peux être chez vous en cinq minutes.

— Je suis dans le belvédère. Désirez-vous un verre de vin?

— Pas ce soir. Nous avons de la compagnie. Ma femme a invité notre nouveau pasteur et un couple de gens de notre église.

Le Centre artistique se trouvait à l'extrémité de l'ancien verger à pommes relié à la propriété par un sentier à charrettes et bientôt on aperçut la tignasse blanche de Thornton qui s'approchait. Les siamois surveillaient attentivement, avec impatience; ils n'avaient jamais compris ce que représentait cette masse blanche sur sa tête.

Thornton tenait entre ses mains quelque chose qui ressemblait à un haltère et qu'il posa sur la table.

— C'est pour vous. Un cadeau d'anniversaire tardif.

— C'est magnifique! dit Qwilleran. Je ne peux croire que vous l'ayez façonné au tour!

Le travail au tour était le dernier hobby de Thornton, qui expliqua:

— C'est de l'olivier. Vous pouvez vous en servir pour y mettre des friandises, ou même pour donner à manger aux chats, si vous préférez.

Les siamois étaient montés sur la table pour

apprécier l'objet d'un nez inquisiteur. Ce plat ressemblait à une soucoupe, posée sur un pied sculpté et une base ronde, tourné dans un seul bloc de bois, mettant en valeur le grain prononcé montant en spirale, et se terminant par les veinules et les taches que la nature avait données à l'arbre.

— Je suis aussi confus qu'admiratif, ou vice versa ! s'exclama Qwilleran. Je vais le poser sur mon bureau pour y mettre les trombones, les élastiques et les pièces d'or... Maintenant asseyez-vous et dites-moi ce que vous avez en tête.

— Bon, Pickax doit fêter ses cent cinquante ans d'existence l'année prochaine, mais la ville de Brrr aura deux cents ans *cette* année. Comment les célébrer ? Le comité pense que la plupart mélangent centenaire, bicentenaire et cent cinquantenaire. Aussi Brrr fêtera simplement cet anniversaire en juillet et août. Il y aura un gâteau avec deux cents bougies, une parade de deux cents bateaux de plaisance et toutes sortes d'autres manifestations. Le Club de reconstitution va monter la *Rixe des bûcherons* dans un saloon et nous nous demandons si vous accepteriez de sortir de la naphtaline votre one-man show pour une ou deux représentations au cours de l'été. Les gens en parlent encore !

Thornton faisait allusion au *Grand Incendie de 1869*, un feu de forêt qui avait détruit la moitié du comté de Moose.

— Hum, fit Qwilleran en caressant sa moustache. Il y a eu aussi une grande tempête en 1913 qui a coulé des tas de bateaux et détruit des villes le long du lac.

— Parfait ! Avez-vous écrit dessus ?

— Non, et c'est le problème. Pour l'incendie de

forêt, j'avais accès à la collection de documents historiques des Gage. Je n'ai pas fait de recherches sur la tempête de 1913.

— J'en ferai pour vous, dit Thornton avec son enthousiasme habituel. Puis-je annoncer à Gary Pratt que vous êtes d'accord ? Vous pourrez, alors, partir de là.

Thornton se leva pour s'en aller.

— Qu'avez-vous pour dîner ce soir ?

— Quelque chose avec des restes de dinde. Nous aimons beaucoup la dinde.

— Yao ! dit Koko.

Thornton retourna au Centre artistique.

Tandis que Qwilleran regardait son ami remonter le sentier, une idée le frappa. Il avait récemment réuni vingt-sept légendes du comté de Moose pour les publier comme souvenir du cent cinquantenaire. Intitulé *Contes brefs et longs*, le livre allait être publié par la Fondation Klingenschoen. Serait-il prêt pour l'anniversaire de Brrr ?

Il téléphona au notaire G. Allen Barter à son domicile. Bart, comme on l'appelait, représentait Qwilleran pour toutes les questions se rapportant au Fonds K.

— Je ne prévois aucun problème, dit Bart. Le texte est imprimé, la jaquette a été maquettée.

— Quelle couleur ? demanda Qwilleran.

— Ils ont dit que c'était quelque chose qui attirerait l'œil.

Tard dans la soirée, il eut un appel téléphonique du chef de la police de Pickax, Andrew Brodie.

— J'ai à vous parler ! dit-il de son ton bourru. Confidentiel !

— Très bien, Andy, venez. Ne faites pas d'excès de vitesse.

Le whisky écossais, les glaçons et le plateau de fromage venaient d'être disposés sur le bar quand le policier entra d'un pas lourd avec la même présence imposante que s'il portait son uniforme. Il s'installa au bar et se servit lui-même.

— Vous avez bien joué la comédie à l'inauguration des travaux, quand vous avez trouvé le coffre vide, Andy.

Le policier grogna comme quelqu'un de peu habitué aux compliments.

— Où est-il maintenant ? demanda Qwilleran.

— En sécurité au poste, et il y restera jusqu'à ce qu'ils décident quoi en faire. On pourrait l'exposer dans la nouvelle librairie, derrière une vitrine à l'épreuve des balles. Ils n'auraient plus qu'à appeler la librairie *Le Coffre du pirate*.

— Avez-vous une idée sur ce qui est arrivé à son contenu ?

— S'il y avait encore quelque chose quand Eddington en a hérité, dit Brodie, je dirais qu'il l'a converti en rentes sur l'État et qu'il en a vécu jusqu'à la fin de sa vie. Il ne gagnait certainement pas assez d'argent avec ses bouquins pour acheter des sardines à son chat.

— Mais c'était un libraire avisé, Andy, en dépit de son caractère modeste. De temps en temps il lui arrivait d'acheter un livre un dollar et de le revendre mille. En plus, il avait son atelier de reliure au fond de son magasin... Bon, de quoi vouliez-vous me parler ?

— De la propriété au bord du lac qui vous vient de Fanny Klingenschoen. Jusqu'où s'étend-elle ?

— Sur environ huit cents mètres — du Club du Haut des Dunes à l'est jusqu'à Cooper's Lane à l'ouest. C'est le chemin de terre avec une rampe de mise à l'eau au bout.

— Ouais, c'était un repaire pour les gosses jusqu'à ce que le shérif prenne des mesures.

— Toute la propriété K. est devenue une réserve naturelle, mais rien ne l'indique encore. Pourquoi cette question ?

Le policier se coupa un nouveau morceau de fromage et se servit un autre verre.

— Rudement bon, ce fromage !... Eh bien, l'adjointe du shérif faisait une patrouille hier soir, juste avant la tombée de la nuit, quand elle a remarqué des buses qui décrivaient des cercles à un certain endroit des bois. Elle a fait des recherches et trouvé un corps sur votre propriété, à environ cent mètres de Cooper's Lane. Celui d'un homme bien vêtu, tué d'une balle dans la nuque. Aucune pièce d'identité. Ce sera dans le journal demain. J'ai pensé que vous aimeriez le savoir.

Qwilleran ressentit un fourmillement familier sur sa lèvre supérieure.

— Avez-vous une idée de l'heure de la mort ?

— Question intéressante. Cela s'est passé tard dans l'après-midi, quand tout le monde était à l'inauguration et que les trois polices réglaient la circulation.

— Que sous-entendez-vous ? Que ce serait une affaire locale ?

— Ou que quelqu'un du Pays d'En-Bas voudrait nous le faire croire. Le SBI[1] a été appelé. N'en parlez à personne. Quel est le nom de ce fromage ?

---

1. State Bureau of Investigation, le Bureau d'investigation de l'État. *(N.d.T.)*

— Du port-salut. De chez *Sip'n' Nibble*[1].

Brodie eut un grognement ambigu. Il donna quelques petits morceaux de fromage à Koko et se laissa délacer les souliers par Yom Yom. Tous trois avaient fait beaucoup de chemin depuis leur première rencontre.

Avant de partir, le policier lança :

— Faites-moi savoir si votre chat si futé a un indice sur ce crime.

Brodie s'en alla et Qwilleran s'avisa que le hurlement effrayant de Koko, l'après-midi précédent, avait vraiment été un cri de mort et qu'il signifiait une mort criminelle. Cela s'était passé à cinquante kilomètres de là. Comment l'avait-il su ?

Qwilleran secoua la tête. On pourrait devenir fou en essayant de comprendre ce chat ! Y avait-il un lien avec autre chose ? C'était en général le cas.

1. *Sip* : siroter ; *nibble* : grignoter. *(N.d.T.)*

CHAPITRE II

La ville de Brrr était non seulement la plus ancienne du comté de Moose, mais aussi la plus froide. (On mettait en garde les visiteurs de ne pas se baigner et de ne pas tomber des bateaux.) C'était également celle qui avait le plus de charme, de par sa beauté naturelle et son ancienneté. Il y avait un port naturel, dominé par une noble falaise. Au sommet de celle-ci s'élevait un bâtiment historique portant le nom inattendu d'*Hôtel Booze*. Sur le toit il y avait un panneau dont les lettres pouvaient être vues à deux kilomètres depuis le lac : FOOD... ROOMS... BOOZE[1].

L'*Ours Noir*, le café de l'hôtel, servait les meilleurs burgers du pays. À l'entrée se tenait un ours naturalisé, dressé d'un air menaçant sur ses pattes arrière. Le propriétaire lui-même avait l'aspect d'un ursidé avec sa démarche traînante, ses cheveux noirs ébouriffés et sa barbe.

Le lundi matin, Qwilleran téléphona à l'aubergiste, Gary Pratt, pour lui parler de l'anniversaire de Brrr. Il ne fut pas surpris d'être invité à déjeuner. Le

1. Nourriture... Chambres... Boisson. *(N.d.T.)*

café avait une assez piètre apparence, avec ses hauts tabourets boiteux le long du bar, mais il plaisait aux navigateurs, aux pêcheurs et aux campeurs.

Gary était justement derrière son comptoir.

— Voulez-vous votre burger au bar, Qwill ? Ainsi, nous pourrons bavarder.

— C'est malin de votre part de parler d'anniversaire et non de bicentenaire, dit Qwilleran. Cela concorde mieux avec la personnalité de la ville et plaira davantage à vos touristes.

— C'est fou, mais nous ne pouvons y échapper parce que nous avons cinquante ans de plus que Pickax. Leur fête va être assez grandiose, à ce que l'on raconte. Cependant nous pouvons faire des choses qui leur sont impossibles — comme une parade de deux cents bateaux de plaisance, chacun faisant flotter un drapeau américain. Ce sera un spectacle fantastique ! Des équipes de télévision viendront du Pays d'En-Bas.

— Aurez-vous vraiment autant de yachts ?

— Bien sûr ! Les propriétaires s'inscrivent déjà, de villes tout le long de la côte... Et pour les gosses, nous allons fabriquer un gâteau d'anniversaire en bois de trois mètres, avec deux cents bougies électriques : Faites un vœu et soufflez, et les bougies s'éteignent ! Des trucs comme ça, nous pouvons en imaginer des tas et ce serait trop fou pour Pickax.

Pendant un moment, Gary s'éloigna pour servir au bar et Qwilleran savoura le burger, appelé « bear burger[1] » par les habitués. Puis ils discutèrent de la

1. Burger d'ours. *(N.d.T.)*

31

représentation de *La Grande Tempête* qui aurait lieu dans la salle de bal de l'hôtel, comme celle du *Grand Incendie*.

— Vous vous rappelez peut-être, Gary, que j'avais une assistante qui s'occupait du magnéto, introduisait au bon moment de la musique ou des voix. Pouvons-nous demander à Nancy Fincher de reprendre du service ? Elle avait été très bien.

— C'est dommage, dit Gary. Nancy s'est mariée avec un musher qui participe à l'Iditarod[1], et elle est partie pour le Minnesota avec ses trente huskys de Sibérie. Mais je connais un type qui pourrait faire ce travail.

— Il vaut mieux une femme, Gary. Pour l'équilibre et l'intérêt visuels. Il faut aussi qu'elle soit disponible pour les répétitions, afin de régler le minutage. C'est primordial.

— Excusez-moi une minute, dit Gary en s'éloignant vers l'autre côté du bar pour servir un déjeuner tardif et deux clients en avance sur l'heure de l'apéritif.

Qwilleran buvait son eau de Squunk, une eau minérale d'une source locale.

Quand il revint avec un plateau de tarte aux pommes, Gary demanda :

— Avez-vous déjà rencontré Lish Carroll ? Je crois qu'elle avait déjà quitté la ville avant votre arrivée ici.

— Je peux vous assurer que je n'ai jamais rencontré de ma vie quelqu'un appelé Lish.

— C'est le diminutif d'Alicia, expliqua Gary.

---

1. L'Iditarod est une course de chiens de traîneaux qui se déroule en Alaska, sur 1 800 kilomètres environ, entre Anchorage et Nome. *(N.d.T.)*

Elle a mon âge. Je l'ai connue au lycée. Une fille brillante — en science, en maths, en informatique. Première en tout. Je me tenais à l'écart de ce genre.

» Une chose amusante. Je me souviens qu'elle avait de très petits pieds et quand les garçons la taquinaient à ce propos, elle regardait avec ostentation leurs gros godillots et répondait que les gens qui ont de petits pieds ont de gros cerveaux ! Lish n'a jamais été subtile.

» Elle a quitté la ville après ses études secondaires, mais elle est de retour maintenant. Elle est venue rendre visite à sa grand-mère. Je ne sais pas combien de temps elle va rester ici, mais c'est la personne qu'il vous faut pour appuyer sur les boutons à bon escient lors de la représentation.

— Où vit-elle ?

— À Milwaukee, je crois.

— Milwaukee ?

Qwilleran avait un désir refoulé de parler à un habitant de Milwaukee pour lui poser quelques questions afin de satisfaire sa curiosité. Rien de sérieux.

— Quelle est la profession de cette brillante donzelle ?

— Je ne le sais pas exactement. Il y a eu beaucoup de racontars à son sujet. Excusez-moi...

Gary fit signe à la serveuse qui mettait les tables et indiqua les clients assis au bar, puis il revint à Qwilleran.

— Allons dans mon bureau.

L'intérêt de Qwilleran était éveillé. Cette Lish semblait une personne prometteuse.

Gary ferma la porte, servit deux cafés de sa cafetière personnelle. Il semblait meilleur que le jus

servi au restaurant. Pour Qwilleran, « meilleur »
signifiait « plus fort ».

— Voilà ce qu'il en est, commença Gary. Lish
vivait avec sa grand-mère à Brrr quand elle était au
lycée. Elle a même pris le nom de famille de
celle-ci. Vous connaissez peut-être la vieille
Mrs. Carroll qui vit dans la maison qui ressemble
à Mount Vernon[1] ? Non ? Voyez-vous, il y a eu un
scandale à Lockmaster où Lish a grandi. Son père
était un gros propriétaire terrien et sa mère une
snob. Puis il a été envoyé en prison pour fraude foncière — à très vaste échelle — et une secrétaire y
était mêlée, d'une façon ou d'une autre. Sa femme a
été si stupéfaite ou embarrassée qu'elle a fait une
overdose, et Lish a atterri à Brrr, chez sa grand-
mère.

— Vous attendez-vous à ce que j'avale tout cela,
Gary ? On dirait une histoire extraite de la presse à
scandales !

— Mais c'est vrai ! Tout a été raconté dans le
Lockmaster Ledger quand c'est arrivé. Encore un
peu de café ? Et maintenant le bruit court que la
vieille Mrs. Carroll va s'installer au complexe d'Ittibittiwassee et qu'elle laisse sa grande maison à
Lish. Voulez-vous en entendre davantage ?

— Je ne refuse jamais un peu de café en plus et
les derniers potins.

— Eh bien, le fin mot de l'histoire est que Lish
voyage avec un type, et que ça ne plaît pas trop à
Grandma Carroll. Lish prétend que c'est son chauffeur. Elle ne peut pas avoir le permis de conduire à

1. Nom de la propriété de George Washington en Virginie.
(N.d.T.)

34

cause d'un problème cardiaque. Le gars est grand et maigre, et on le voit toujours traîner derrière elle comme un petit chien.

— Viennent-ils ici ? Lish est-elle jolie fille ?

— Eh bien, elle a... un visage intelligent. Son chauffeur est beau gosse, il a les cheveux longs et boit beaucoup. Je les appelle Lish et Lush[1].

Qwilleran rentra chez lui en pensant à cette jeune forte en thème « au visage intelligent ». Sans aucun doute elle s'occuperait avec adresse du bruitage, mais il aurait préféré quelqu'un avec une personnalité plus engageante. Il y avait cependant un détail en sa faveur : elle vivait ou avait vécu à Milwaukee.

L'intérêt de Qwilleran pour cette brillante jeune femme était compréhensible, mais il avait besoin d'un second avis. Il appela son ami Wetherby Goode, natif de Lockmaster.

— Qwill ! Où étiez-vous passé ? Je ne vous ai pas vu depuis que vous êtes retourné dans votre grange !

Les deux hommes avaient des appartements contigus au Village Indien, où Qwilleran passait l'hiver quand la grange devenait trop difficile à chauffer.

— J'ai besoin de vous parler, Joe. Voulez-vous venir manger des sandwiches et boire du café entre vos bulletins météo de six heures et de onze heures du soir ? Le *Luncheonette de Loïs* propose des sandwiches TLT[2] cette semaine, c'est-à-dire au blanc de dinde.

---

1. *Lush* : poivrot. *(N.d.T.)*
2. Jeu de mots entre *Tofu, Lettuce and Tomato sandwiches* (TLTs), sandwiches végétariens renfermant tofu, laitue et tomate, et ceux à la dinde (*turkey* en anglais). *(N.d.T.)*

Les siamois sautèrent gaiement quand la voiture du météorologiste s'arrêta dans la cour de la grange. Reconnaissaient-ils le bruit du moteur entendu l'hiver dernier au Village Indien ? Sentaient-ils que le conducteur avait un chat nommé Jet Stream ? Savaient-ils ce qu'il y avait dans les sandwiches qui avaient été livrés ?

Le colloque commença par des exclamations bruyantes et des tapes dans le dos. Puis ils se rendirent dans le belvédère, l'hôte portant un large plateau et l'invité les chats et le téléphone sans fil dans un sac en toile.

— Avez-vous assisté à l'inauguration des travaux ? demanda Qwilleran.

— Non. J'avais une réunion de famille à Horseradish, mais j'ai lu les détails dans le journal d'aujourd'hui.

Qwilleran soupçonnait ce célibataire endurci d'avoir une nouvelle liaison dans sa ville natale, en dehors de son ample provision de cousins, tantes, nièces, oncles, neveux et autres pièces rapportées.

Wetherby poursuivit :

— Je parie que Polly est surexcitée à propos de l'installation du magasin. Comment vont-ils l'appeler ? Pourquoi pas *Le Coffre du pirate* ? J'espère qu'ils ont l'intention d'avoir un chat. S'ils veulent un peu de musique pour l'ouverture, je suis à leur disposition.

— Avez-vous un répertoire de musique de librairie, Joe ?

— Sans avoir réfléchi à la question, je dirais que... les *Nocturnes* de John Field me paraissent un bon début.

— Yao! dit Koko qui était assis près de là.

— Vous voyez? Il est d'accord avec moi.

— Ne vous y trompez pas, Joe. Koko a vu un morceau de dinde tomber de votre sandwich.

— Au fait, Qwill, je ne vous ai jamais dit combien j'avais apprécié votre chronique sur l'*Almanach du Cool Koko*!

Il faisait allusion à une récente « Plume de Qwill » dans laquelle Qwilleran présentait des dictons pleins de sagesse de *Cool Koko : Un chat sans queue vaut mieux qu'un politicien sans tête... Un chat peut regarder un roi, mais il n'a pas besoin de lui lécher les bottes... Tout chien a son jour, mais les chats en ont trois cent soixante-cinq.*

Qwilleran déclara :

— Si Jet Stream a des maximes, envoyez-les au Cool Koko aux bons soins du *Quelque Chose du Comté de Moose*.

Puis il ajouta négligemment :

— Vous souvenez-vous par hasard, Joe, d'un grand scandale de fraude foncière à Lockmaster?

— Bien sûr! L'affaire Kranson. Le crime le plus juteux que nous ayons jamais eu dans notre pays authentique! Pourquoi cette question?

— Pour vous répondre de façon détournée : vous souvenez-vous de mon one-man show, *Le Grand Incendie*?

— Plutôt! Je l'ai vu trois fois!

— Eh bien, il est question que je monte un spectacle similaire sur la grande tempête de 1913 et on m'a suggéré la fille Kranson pour le bruitage.

— Navré, je ne sais rien à son sujet.

— Oh! s'exclama Qwilleran. J'espérais que vous seriez au courant, étant donné le temps que vous passez à Horseradish.

Ce commentaire hypocrite ne fut pas relevé — ou volontairement évité. Le météorologiste se leva, consulta sa montre et prétendit qu'on l'attendait à la station de radio. Après un bref remerciement pour le repas, il partit.

On était mardi et Polly se sentait assez remise de ses agapes à Chicago pour accepter de dîner en ville. Elle quitta la bibliothèque de bonne heure, passa chez le coiffeur et se fit faire un massage facial avant de rentrer chez elle pour enfiler la toilette qu'elle avait achetée à Chicago. Le coloris était celui d'un « sorbet à l'orange » et elle se sentait en beauté.

Lorsque Qwilleran vint la chercher, il s'exclama :

— Vous êtes... merveilleuse !

C'était le seul adjectif qu'il connaissait pour signifier : radieuse, bien coiffée, bien habillée.

— Vous êtes très élégant vous-même, murmura-t-elle.

Il avait fait rafraîchir sa moustache et avait coordonné le blazer, la chemise et la cravate. « Élégamment vêtu », c'était le compliment qu'ils s'adressaient l'un à l'autre... le restaurant aussi.

Ils se rendirent à l'*Old Grist Mill* qui combinait le charme campagnard et le chic contemporain. La propriétaire, Elizabeth Hart, était de Chicago. Son maître d'hôtel, Derek Cuttlebrink, venait de la ville de Wildcat.

— Vous êtes très chics ce soir tous les deux, dit-il avec le toupet nonchalant inhérent à son statut de fils favori mesurant deux mètres. Que désirez-vous ? Un sherry sec et un cocktail Q. ?

Il leur tendit la carte et murmura sur un ton de conspirateur :

— Évitez le curry d'agneau à moins que vous ne vouliez vivre dangereusement.

Quand les apéritifs furent servis, Qwilleran demanda :

— Et maintenant, dites-moi comment se présentent les choses à la bibliothèque.

— Nous avons engagé une femme charmante pour prendre ma succession, Myrtle Parsons. Elle a été bibliothécaire scolaire à Bixby et elle est très heureuse de venir travailler ici. Nous étudions ensemble ce qui se présente. Hier soir, elle a assisté au dîner mensuel pour rencontrer nos Chères Ladies et elles ont été charmantes avec elle.

Les « Chères Ladies » était le surnom attribué par Polly aux riches et conventionnelles membres à cheveux blancs du conseil de direction.

— Vous allez peut-être quitter la bibliothèque plus tôt que vous ne l'escomptiez.

— Oh ! Je le souhaite vraiment ! Les gens du Fonds K. m'ont donné un livre de six cents pages à étudier. Tout y est expliqué, depuis la tenue des comptes jusqu'à la façon de classer les livres.

Les hors-d'œuvre furent servis. Qwilleran avait pris des huîtres frites, Polly un consommé à la tomate.

— Trop citronné, dit-elle, puis elle enchaîna : Le plan de la librairie est excitant. Dans ce long bâtiment étroit, l'entrée sera accueillante. Toutes les fenêtres seront des lanterneaux ou à tabatière, et tous les murs seront couverts d'étagères. Bien qu'un ascenseur soit prévu pour descendre au sous-sol, il y aura un assez large escalier pour les gens qui préfèrent marcher.

— Que trouvera-t-on en bas ?

Sa réponse fut différée par l'arrivée du plat principal. Qwilleran avait bravement commandé l'agneau au curry, Polly du saumon poché avec une sauce au yaourt, accompagné d'une pomme de terre en robe des champs et d'asperges. Elle déclara que les portions étaient trop généreuses.

Une partie du sous-sol, apprit Qwilleran, serait la salle Eddington Smith, consacrée aux livres d'occasion offerts par les familles locales, classés par les volontaires. Les profits seraient affectés à un fonds littéraire. Il y aurait aussi une salle pour les grandes occasions, signatures de livres, réunions d'un club littéraire comme celui de Lockmaster, qui était sponsorisé par le *Lockmaster Ledger*. Le journal organisait des conférences, des revues de livres donnant lieu à de vives discussions. Qwilleran était souvent invité à y prendre la parole.

— Il y aura aussi une vitrine pour exposer des trésors : livres rares, manuscrits, collections d'objets liés à la lecture et à l'écriture, prêtés par les antiquaires ou des particuliers.

— Rien à manger ?

— Ni nourriture ni cadeaux. Juste à l'angle il y a un magasin de cadeaux et un salon de glaces.

Comme dessert, ils commandèrent une génoise aux mûres. Polly trouva le gâteau horriblement riche.

— Mais je n'ai fait que parler, Qwill. À quoi avez-vous occupé votre temps ? demanda-t-elle d'un air absent.

— À pas grand-chose, dit-il. Que m'avez-vous apporté de la grande ville ?

— Un CD des pièces pour piano de Massenet. Ce sera magnifique sur votre installation hi-fi.

— Parfait, dit-il. Que diriez-vous d'aller à la grange pour écouter de la musique ?

Qwilleran aurait pu parler à Polly de ses projets pour le lendemain, mais Polly était si enchantée par la librairie et tout ce qui s'y rapportait qu'il n'avait aucune envie de calmer son enthousiasme. Il ne l'avait jamais vue aussi surexcitée !

Le lendemain, il devait aller à Lockmaster pour sa première signature de livres depuis... combien d'années ? Plus tôt dans sa vie il avait été chroniqueur judiciaire au Pays d'En-Bas et il avait écrit un livre intitulé *Crimes dans les grandes villes*. Depuis lors, aucune de ses idées n'avait pris forme avant qu'il vienne dans le comté de Moose et découvre la richesse des légendes locales remontant au temps des pionniers. Il les avait réunies et le livre allait sortir sous le titre *Contes brefs et longs*.

À Lockmaster, le comté voisin, il avait beaucoup d'amis et de lecteurs de sa chronique « La Plume de Qwill ». Le rédacteur en chef du *Lockmaster Ledger,* Kip MacDiarmid, avait organisé cette signature à la veille de la publication. Ce serait une avant-première privée pour les membres du Club littéraire et la réunion se tiendrait dans la salle commune de la librairie locale.

Lorsque Qwilleran arriva, la pièce était remplie des membres du club ; la présentation par le rédacteur en chef fut flatteuse et suivie d'applaudissements nourris. Quelqu'un cria : « Où est Koko ? »

Qwilleran se dirigea vers le lutrin, regarda longuement le public de ses yeux rêveurs avant de caresser sa moustache luxuriante. Son silence amena les personnes présentes à se lever pour l'ovationner.

Il commença alors à parler de sa voix mélodieuse et bien timbrée :

— Voici l'histoire d'une femme qui a semé la terreur au sein de la population masculine d'une petite ville du comté de Moose. C'est un récit véritable, tel qu'il m'a été raconté par Gary Pratt, le propriétaire de l'*Hôtel Booze* dans la ville écossaise de Brrr.

L'auditoire se mit à rire avec délices par anticipation. Qwilleran donna vie à la légende en imitant la voix haut perchée du propriétaire de l'hôtel.

HILDA LES CISAILLES

Mon grand-père racontait l'histoire de cette vieille femme excentrique de Brrr qui terrorisait tout le monde. C'était il y a environ soixante-dix ans, voyez-vous. Elle circulait partout en ville avec une paire de cisailles qu'elle pointait sur les gens en faisant cliqueter les lames. Derrière son dos on riait en l'appelant « Hilda les Cisailles », mais ces mêmes gens étaient très nerveux quand ils se trouvaient devant elle.

L'ennui était que personne ne savait si elle n'était qu'une vieille folle ou si elle était capable de passer à l'acte. Dans les magasins elle se servait toujours sans rien payer. Elle bravait tous les règlements municipaux et s'en tirait toujours. De temps à autre un policier ou le shérif l'interrogeait à distance respectueuse et elle répondait qu'elle allait faire aiguiser ses cisailles à haie. En fait, elle n'avait pas de haie. Elle vivait avec un chien galeux dans une cabane en carton goudronné, sans électricité ni eau courante. Mon grand-père possédait une ferme de l'autre côté de la route et la cabane d'Hilda était sur sa propriété. Elle ne payait pas de loyer, allait remplir son seau à sa pompe et, en hiver, se servait du bois de son bûcher.

Une nuit, juste après Halloween, le révérend Wimsey, de notre paroisse, rentrait chez lui à l'issue d'une réunion de prières à Squunk Corners. La nuit était froide et les voitures n'avaient pas de chauffage en ce temps-là. Sa Ford Modèle T n'avait pas non plus de rideaux sur les côtés, aussi s'était-il habillé chaudement. Il roulait lentement sur une route de campagne, sans doute à cinquante kilomètres à l'heure, quand il aperçut une silhouette dans l'obscurité, devant lui, cheminant avec peine au milieu de la route, en peignoir de bain et pantoufles. C'était une femme et elle tenait une paire de cisailles.

Le révérend Wimsey connaissait bien Hilda. Elle avait fait partie de sa congrégation jusqu'au jour où il lui avait demandé de ne pas venir aux offices avec ses cisailles. Depuis lors elle n'était plus retournée à l'église et se montrait plutôt hostile. Cependant il ne pouvait la laisser ainsi dehors, risquant d'attraper la mort. Aujourd'hui, vous feriez appel au shérif, mais il n'existait ni voiture radio ni téléphone portable à l'époque. Alors il s'arrêta et lui demanda où elle allait.

— Voir une amie, répondit-elle d'une voix solennelle.

— Voulez-vous que je vous conduise, Hilda ?

Elle lui jeta un regard en coin, puis elle se décida :

— Étant donné qu'il fait froid cette nuit...

Elle grimpa dans la voiture et s'assit avec les cisailles entre les jambes, les deux mains sur les poignées.

Mr. Wimsey raconta à Grandpa qu'il avala plusieurs fois sa salive avant de demander où vivait son ami.

— Par là-bas, répondit-elle en désignant un champ de blé.

— Il est tard pour faire des visites, ne préféreriez-vous pas rentrer chez vous ?

— Je vous ai dit où je voulais aller ! cria-t-elle comme s'il était sourd en faisant cliqueter ses cisailles.

— Très bien, Hilda. Connaissez-vous le chemin pour vous y rendre ?

— C'est par là, dit-elle en indiquant la gauche.

À l'intersection suivante il tourna à gauche et roula pendant un ou deux kilomètres sans voir quoi que ce soit ressemblant à une habitation. Il demanda comment était la maison.

— Je la reconnaîtrai quand je la verrai, dit-elle. *Clic-clic !*

— Quel est le nom de la route ? Le savez-vous ?

— Elle n'a pas de nom. *Clic-clic.*

— Comment s'appelle votre amie ?

— Ça ne vous regarde pas ! Conduisez-moi seulement là-bas.

Elle tremblait de froid. Il s'arrêta pour retirer son propre manteau et le lui tendit :

— Laissez-moi le mettre autour de vous, Hilda.

— Pas de privautés avec moi ! cria-t-elle en le repoussant. *Clic-clic !*

Le révérend Wimsey reprit la route en réfléchissant à ce qu'il devait faire. Il passa devant un parc à moutons, une carrière et des fermes sombres avec des chiens qui aboyaient. Les lumières de Brrr brillaient au loin, mais s'il essayait de tourner dans cette direction, elle agitait ces cisailles avec colère.

Finalement il eut une inspiration.

— Nous allons être à court d'essence, dit-il d'une voix anxieuse. Nous risquons d'être immobilisés ici et de mourir de froid ! Je dois aller en ville pour faire le plein d'essence.

C'était la première fois de sa vie qu'il proférait un mensonge, dit-il à mon grand-père, et il pria Dieu en silence pour obtenir son pardon. Il pria aussi pour que son subterfuge fonctionne. Hilda ne fit pas d'objection. Heureusement, elle commençait à sommeiller, sans doute au premier stade de l'hypothermie qui la guettait. Mr. Wimsey trouva un magasin ouvert et entra pour demander à utiliser le téléphone à manivelle.

Deux minutes plus tard, un assistant du shérif arriva à motocyclette.

— Mr. Wimsey, vieux sacripant! dit-il au révérend. Nous cherchions partout « les Cisailles ». Expliquez-vous ou bien je vais être obligé de vous arrêter pour kidnapping!

Ce qui était arrivé, voyez-vous, c'est que le chien d'Hilda hurlait depuis des heures et que Grandpa avait fini par alerter le shérif.

Finalement, pour sa propre sécurité, Hilda fut placée dans un foyer et elle dut abandonner ses cisailles. Toute la ville respira mieux... Je demandai à mon grand-père pourquoi les gens avaient toléré si longtemps ses excentricités.

Il me répondit :

— En ce temps-là, les gens possédaient la philosophie des pionniers : Bien faire et laissez dire !

Qwilleran fut satisfait de l'accueil cordial du Club littéraire et de la réaction à sa lecture, ainsi que du nombre de livres qui lui furent présentés pour être dédicacés. Il regretta seulement que cela n'ait pas eu lieu à Pickax au *Coffre du pirate,* comme l'endroit était destiné à être appelé.

CHAPITRE III

On était jeudi. Le moment était venu d'écrire ses mille mots pour « La Plume de Qwill » et la tête de Qwilleran était vide d'idées. Ce qui signifiait qu'il fallait recourir au système Koko. Il cria : « Livre ! » et le chat arriva en courant, bondit sur une étagère, renifla les reliures et choisit un titre qu'il fit tomber de l'étagère. Cela devint le thème de la chronique.

Qwilleran aurait été le premier à admettre que le système était ridicule... mais il était simple et il fonctionnait. Il faisait plaisir à Koko et offrait un défi à Qwilleran, qui se vantait de pouvoir écrire mille mots sur n'importe quel sujet... ou sur rien.

À cette occasion, le livre choisi était *Un tigre dans la maison* de Carl Van Vechten[1], l'un des derniers classiques d'occasion que Qwilleran avait achetés au regretté Eddington Smith. La couverture semblait détrempée par la pluie, le dos était déchiré et la dorure effacée, mais les trois cents pages étaient intactes, imprimées sur papier vergé ; le

1. Écrivain, photographe, critique musical et artistique américain (1880-1964), il fut l'un des premiers à promouvoir la culture noire. *(N.d.T.)*

tirage de l'ouvrage, limité à deux mille exemplaires, remontait à 1920.

Celui-ci était signé par l'auteur.

Qwilleran le décrivit dans sa chronique comme une œuvre littéraire « superbe » sur l'histoire érudite du chat domestique, commençant près de quarante siècles auparavant en Égypte. On y trouvait des noms d'artistes et d'hommes d'État célèbres qui avaient chéri le chat comme un membre de la famille. Il y avait également des noms de tyrans et d'assassins qui avaient haï ou redouté la mention même de l'animal. Particulièrement intéressants étaient les mythes et les superstitions qui avaient survécu aux siècles.

Qwilleran lui-même, vivant avec un chat qui paraissait médiumnique, était fortifié dans sa croyance par l'attitude des Orientaux, pour qui les chats étaient des êtres surnaturels. Au Siam, les chats étaient considérés comme d'ascendance royale. Depuis longtemps il désirait dresser l'arbre généalogique de Koko. Les lecteurs de « La Plume de Qwill » savaient que Koko était un chat intelligent, mais même ses amis les plus intimes, comme Polly et Arch, ne connaissaient pas toute l'histoire, pour la bonne raison qu'ils se seraient moqués de lui. En revanche, un lieutenant inspecteur du Pays d'En-Bas ne s'en moquait pas ; le chef de la police de Pickax s'était, peu à peu, laissé convaincre ; un détective privé en retraite de Californie était prêt à être converti. Qwilleran trouvait curieux que tous trois soient des membres de la police.

La perspective de donner un nouveau one-man

show pour un auditoire du comté de Moose remplissait Qwilleran d'exaltation. Il se souvenait de la réaction du public lors de sa première prestation : envoûté, le souffle court, les larmes aux yeux. À l'université, il avait d'abord suivi des cours de théâtre avant de se tourner vers le journalisme, et il se délectait à l'idée d'utiliser sa voix de façon dramatique pour provoquer l'émotion de ses auditeurs.

Afin de se rafraîchir la mémoire, il relut le récit du *Grand Incendie*. Il avait demandé aux spectateurs d'imaginer que la radio existait en 1869, tandis qu'il annoncerait les nouvelles du désastre, lirait les bulletins d'information arrivant d'autres parties du comté et interviewerait des témoins oculaires par téléphone.

La radio était encore à venir au temps de *La Grande Tempête* — en 1913. Il n'existait pas de stations émettrices, ni de récepteurs domestiques utilisant les moustaches des chats, pas de publicité pour les automobiles Ford ou les poêles ventrus. Puis il pensa : « Pourquoi ne pas ajouter au réalisme par quelques annonces publicitaires ? Elles pourraient concerner le commerce du pétrole et les sacs de cinq kilos de porridge. »

En 1913, le comté de Moose n'avait pas de véritable journal, il n'existait que le *Pickax Picayune* avec ses petites annonces et son carnet mondain. Le comté de Lockmaster, plus au sud, était en avance. Qwilleran téléphona à son ami Kip MacDiarmid, rédacteur du *Lockmaster Ledger*.

— Kip, rendez-moi un service. Rejoignez-moi pour déjeuner à l'*Inglehart* et apportez quelques photocopies du *Ledger* de 1913. C'est moi qui vous invite.

— Marché conclu! Quelles pages du journal et combien de numéros?

— Juste trois ou quatre. Les pages intérieures avec des annonces pour de l'épicerie, des vêtements, de la quincaillerie... des choses de ce genre.

Les deux journalistes se rejoignirent au restaurant, un manoir victorien dans la rue principale de Lockmaster, et s'installèrent à une table près d'une fenêtre garnie de rideaux de dentelle. Kip commanda un verre de vin, Qwilleran de l'eau de Squunk avec des glaçons et un zeste, mais il dut se contenter d'un soda. Il savait que personne au sud de la frontière n'avait entendu parler de l'eau de Squunk.

— Cette « première pelletée » a été un bon spectacle, dit Kip. Saviez-vous que le coffre serait vide?

— Personne n'en avait la moindre idée!

— J'espère que vous allez appeler la librairie *Le Coffre du pirate*! Polly est-elle excitée à l'idée de la diriger?

— Plutôt! dit Qwilleran. Elle paraît vingt ans de moins. À propos, elle veut savoir comment vous gérez votre Club littéraire. Elle a l'intention d'en créer un à la librairie.

— Je vais dire à Moira de prendre contact avec elle; elle assure le secrétariat du Club littéraire.

— Avez-vous entendu parler du bicentenaire de la ville de Brrr? Je dois y monter un spectacle, *La Grande Tempête de 1913*. C'est pour cette raison que je vous ai demandé quelques exemplaires du *Ledger*.

50

— Savez-vous qu'il s'appelait le *Lockmaster Logger*, à l'époque?

Ils bavardèrent, s'interrompant seulement pour commander le déjeuner. Kip prit une croustade de dinde, avec du bacon et des navets. Qwilleran décida qu'il s'en tiendrait à son habituel sandwich Reuben[1].

— Allez-vous écrire un autre livre, Qwill?

— Eh bien, entre nous, j'ai écrit *Les Vies privées de Koko et Yom Yom*. Il s'agit juste d'une série de sketches sur mes expériences avec deux siamois. N'en parlez pas à Polly. Elle trouve le sujet trop frivole et voudrait me voir écrire un chef-d'œuvre littéraire qui me vaudrait le prix Pulitzer. Comment va Moira? Nous devrions dîner tous les quatre à l'*Auberge Mackintosh* un de ces jours.

— Bonne idée! Savez-vous que Moira s'occupe d'un élevage de chats appelés « écaille-de-tortue »? Elle voudrait savoir si vous aimeriez avoir un de ces chats à la librairie. Dans ce cas, elle vous en offrirait un.

Qwilleran hésita. Il avait connu des chats roux obèses et mal soignés. Il répondit prudemment:

— Cette décision appartient à Polly, mais c'est une bonne idée. Les chats et les livres vont bien ensemble.

— Je dirai à Moira de téléphoner à Polly. Je sais que c'est un peu prématuré, car vous venez à peine de commencer les fondations, mais Moira a un joli petit diable dans sa chatterie. Il a quelques mois à

---

1. Viande (rôti, corned-beef...), choucroute, tranches de gruyère sur un toast de pain de seigle. *(N.d.T.)*

peine et elle pourrait le réserver à Polly si elle est intéressée. Elle dit que c'est un chat qui se fera des amis et influencera les clients. Quand pensez-vous ouvrir la librairie ?

— Avant que volent les premiers flocons de neige.

— En attendant, avez-vous déjà ouvert votre chalet ?

— J'ai prévenu le service d'entretien de le tenir prêt pour l'été.

— J'ai entendu dire qu'il y avait eu un meurtre à côté de votre propriété, j'espère que vous avez un bon alibi !

Ils traînèrent un peu sur leur déjeuner et cet échange de propos teintés d'ironie rappela à Qwilleran les déjeuners au Club de la presse du Pays d'En-Bas quand il traitait des chiens écrasés au *Daily Fluxion*, pour un maigre salaire.

— Il faudra recommencer, Kip, dit-il quand ils se quittèrent.

— Et n'attendons pas aussi longtemps la prochaine fois !

Ce fut seulement durant son retour à Pickax que Qwilleran se rendit compte qu'il avait oublié d'évoquer la fraude foncière et le scandale qui s'était ensuivi à Lockmaster, tout comme l'orpheline qui avait jugé opportun de changer de nom puis était partie vivre dans le comté de Moose.

Dans la grange, les siamois attendaient avec impatience comme s'ils savaient qu'il rapportait quelques succulents morceaux d'un sandwich Reuben. Il alla s'enfermer dans son bureau au premier balcon avec un thermos de café afin d'écrire sa chronique pour l'édition de vendredi. Elle porterait sur le mois de juin. Il jeta quelques notes :

- Juin éclate partout... (Description)
- Qu'y a-t-il de si rare dans une journée de juin ? (Poème)
- Un mot de quatre lettres [1], mais poli.
- Le mois des mariages, des examens et des deuxièmes tiers provisionnels.

Ces notes furent interrompues par un appel de Polly, follement gaie.

— Qwill, mon ami, vous ne devinerez jamais ce qui est arrivé aujourd'hui !

— À combien de suggestions...

Polly lui coupa la parole. Il ne l'avait jamais connue aussi volubile.

— Moira MacDiarmid a téléphoné pour offrir à la librairie un chat roux comme mascotte ! C'est un chat qui a une ascendance écossaise ! Exactement ce dont nous avions besoin pour accueillir nos clients et les aider à se sentir chez eux.

— Mâle ou femelle ? demanda Qwilleran avec l'instinct précis d'un journaliste.

— Un petit garçon. Les éleveurs appellent leurs chatons des petits garçons ou des petites filles, vous savez, et il sera tout juste adulte quand le magasin sera prêt à ouvrir.

— À quoi ressemble-t-il ?

— Sa fourrure est douce et épaisse, m'a dit Moira. Sa couleur, un riche crème avec des taches abricot. Il a de grands yeux verts. Pouvez-vous

1. L'équivalent de notre mot de cinq lettres. *(N.d.T.)*

l'imaginer, Qwill, se détachant sur la moquette vert vif... vert vif, pas le vert sapin généralement utilisé dans les lieux publics, bien que Fran Brodie n'approuve pas. Elle a des idées bien à elle, vous savez.

— Le Fonds K. l'a engagée pour décorer l'intérieur, rappela-t-il. Dites aux directeurs ce que vous désirez et ils lui en parleront. Il en sera ensuite tenu compte.

Il détecta un soupir de satisfaction. Il n'y avait jamais eu de rapports amicaux entre la décoratrice et Polly — ni entre la décoratrice et Yom Yom, du reste.

— Alors vous approuvez, Qwill ?

— Pourvu que ce ne soit pas un de ces chats roux pesant quinze kilos que l'on voit dans les publicités.

— Non, non, Dundee a de bons gènes.

— Dundee ? Est-ce là son nom ?

— N'est-ce pas adorable ? D'autant plus que ses ancêtres viennent de la ville associée à la marmelade d'oranges. Vous savez qu'on appelle également cette race « marmelade » ? Eh bien, je suis heureuse que vous approuviez. Il fallait vraiment que je vous en parle ! Les nouvelles étaient trop excitantes pour les garder pour moi !

— Je suis heureux que vous l'ayez fait, Polly.

— *À bientôt,* dit-elle d'une voix chaleureuse et suggestive.

— *À bientôt.*

Il se renfonça dans son fauteuil et laissa son esprit vagabonder.

Un moment s'écoula, puis il prit conscience d'une légère agitation derrière sa porte. Chaque fois que les siamois voulaient attirer son attention, ils simulaient une querelle entre eux. Il ouvrit la porte et ils se précipitèrent dans la pièce.

— Espèces de fumistes ! gronda-t-il.

Ils se sauvèrent alors pour dévaler le long de la rampe et s'arrêter en bas devant le placard à balais. Le message était clair : ils avaient été enfermés à l'intérieur trop longtemps.

Un sac fourre-tout en toile portant le logo de la bibliothèque municipale fut sorti du placard et les chats sautèrent à l'intérieur, contractant leur corps et se nichant l'un contre l'autre au fond du sac. Ils ne virent pas d'objection à être enterrés sous quelques magazines, une bouteille d'eau de Squunk, un téléphone sans fil, de quoi écrire et une vieille cravate. Tout cela faisait partie du voyage au belvédère. Voyage qui prit à peine une minute ou deux. Puis ils sautèrent hors du sac et se préparèrent au « jeu de la cravate ».

Qwilleran écarta quelques meubles pour fournir l'espace nécessaire et se mit à agiter la cravate en l'air, d'avant en arrière, en haut et en bas, en cercle, tandis que les chats bondissaient, agrippaient la cravate, la rataient, tombaient sur le dos, se heurtaient et sautaient encore.

Quand ils en eurent assez, ils se glissèrent dans leurs coins préférés pour surveiller tout ce qui bougeait de l'autre côté des écrans.

Qwilleran se mit à réfléchir sur ce que lui inspirait le mois de juin. Il pouvait inviter ses lecteurs à composer des comptines originales sur le sixième mois de l'année. Comme prix, il offrirait l'habituel crayon jaune avec les mots « *Plume de Qwill* » frappés en or.

Tandis qu'il se concentrait, il s'avisa d'un son caquetant : *ik-ik-ik.* Koko le réservait aux serpents, aux gros chiens et aux intrus portant des fusils de chasse. Les deux chats regardaient le massif d'arbustes au fond du jardin des oiseaux. Qwilleran regarda aussi. Il n'avait que ses yeux. Les chats possédaient un sixième sens.

Alors qu'il se concentrait, il y eut un mouvement dans le feuillage dense et trois oiseaux à longues pattes émergèrent. C'étaient les plus étranges qu'il ait jamais vus : long cou anguiforme, vilaine petite tête, corps décharné, et ces longues pattes squameuses !

Ils examinaient la scène d'un air calme, comme s'ils avaient l'intention d'acheter la propriété... jusqu'à ce qu'un grondement surnaturel et un cri aigu sortis de la gorge de Koko les fassent retourner précipitamment dans le taillis.

Les trois du belvédère étaient sans voix : les chats avec des queues hérissées, Qwilleran éprouvant exactement la même sensation dans sa moustache. Une fois revenu à la réalité, sa première réaction fut d'appeler Thornton Haggis, qui avait vécu toute sa vie dans le comté de Moose et qui connaissait les réponses à toutes les questions — ou du moins où se les procurer. Récemment désigné Bénévole de l'Année, on pouvait toujours trouver Thorn occupé à pousser les fauteuils roulants au Centre de soins des seniors ou derrière le bureau d'accueil à l'hôpital. Qwilleran le joignit au standard du Centre artistique.

— Je tiens le fort pendant que la directrice est chez le coiffeur, expliqua-t-il. Je parie que je sais pourquoi vous appelez, Qwill : à propos de *La*

Grande Tempête. J'ai fait les recherches et maintenant je classe les informations. Je pourrais vous les apporter dans votre grange demain. Serez-vous là ?

— Si je n'y suis pas, vous pouvez laisser les documents dans le vieux coffre de marin.

Placé à l'extérieur près de la porte de la cuisine, ce coffre en bois patiné par le temps servait à recevoir les livraisons de toutes sortes et même, à l'occasion, d'abri à deux chats abandonnés.

— À propos, Thorn, je viens de vivre une étrange expérience, il y a quelques minutes. J'étais dans le belvédère quand trois oiseaux affreux sont sortis des bois.

Il les décrivit et ajouta :

— Ils mesurent entre soixante et quatre-vingt-dix centimètres et offrent un aspect sauvage. Ils ont des peaux rouges qui pendent de leur tête et peuvent être décrits d'un seul mot : rapaces.

Après un moment de silence, Thorn demanda avec facétie :

— Qu'avez-vous bu à midi, Qwill ? Votre description de ces oiseaux rappelle celle des dindons sauvages, mais nous n'en avons plus dans le comté de Moose depuis au moins trente ans. Mes fils sont des chasseurs de gibier à plume et ils doivent aller dans le Minnesota ou le Michigan pour trouver des dindons sauvages !

— Intéressant ! dit Qwilleran. Les chats les ont vus, eux aussi, et Koko a poussé un rugissement de dragon qui les a effrayés.

Depuis longtemps Qwilleran désirait trouver une explication à la remarquable intuition de Koko. Il confia ses pensées à son journal intime :

Jeudi 12 juin. — J'ai relu *Un tigre dans la maison.* Beau travail ! J'ai toujours eu envie d'écrire un livre érudit nécessitant des années de recherches, mais ce n'est pas dans mon caractère.

Cependant ce livre m'inspire le désir d'en savoir davantage sur les origines de Koko. Descend-il de la lignée des chats possédant des qualités surnaturelles du vieux Siam ? Combien de générations se sont-elles succédé entre lui et ses ancêtres royaux ? Et du reste que sais-je à son sujet ? Très peu de chose. Seulement qu'il vivait au Pays d'En-Bas avec un homme appelé Mountclemens qui apparemment l'avait acquis d'une sœur vivant à Milwaukee.

Je travaillais alors au *Daily Fluxion* et je louais un appartement à ce critique d'art qui possédait une vieille maison victorienne. Il se faisait appeler George Bonifield Mountclemens III. C'était un âne pompeux et personne ne croyait que c'était vraiment son nom, mais il vivait au premier étage au milieu de trésors artistiques avec un chat siamois appelé Kao K'o Kung. Lorsque Mountclemens fut assassiné, le chat est venu vivre avec moi et devint connu sous le nom de Koko.

Mais j'ai toujours pensé que si je rencontrais un jour quelqu'un de Milwaukee je lui poserais quelques questions : Y a-t-il là-bas une famille

Mountclemens? Existe-t-il un éleveur de chats siamois à Milwaukee?

Cette « Lish » est peut-être la personne à interroger.

CHAPITRE IV

Le vendredi matin, Qwilleran terminait sa chronique sur le mois de juin — pour une fois un peu plus courte que les traditionnels mille mots. Au cours des dernières semaines, il avait enrichi son texte de quelques axiomes félins tirés de l'*Almanach du Cool Koko*.

> « Cool Koko dit : *Une demi-tasse de crème vaut mieux que pas de crème du tout... L'occasion ne se présente qu'une seule fois ; saisissez-vous de cette côtelette de porc pendant que personne ne regarde... Pourquoi réclamer votre dîner à grands cris ? Contentez-vous de regarder votre assiette vide.* »

L'affaire « Cool Koko » avait commencé quand Qwilleran faisait des recherches sur Benjamin Franklin pour ses chroniques et il avait décidé de parodier l'*Almanach du pauvre Richard*. Au début, il avait eu l'intention de ne l'utiliser qu'une seule fois, mais ses lecteurs avaient tellement apprécié qu'ils en redemandaient et il avait poursuivi avec : *Un homme travaille du lever au coucher du soleil, mais les chats s'en tirent sans même lever une patte... Un chien quel que soit son autre nom sentira toujours le chien... Les animaux stupides en savent plus sur les humains que les humains stupides n'en savent sur les animaux.*

Cependant, Qwilleran était le premier à reconnaître qu'il n'avait pas l'esprit de suite et il en avait assez d'écrire sur ce sujet. La salle du courrier au journal était inondée de cartes postales suggérant des bribes de sagesse féline. Le directeur, Arch Riker, accusait Qwilleran d'essayer de créer un nouveau culte.

Tant et si bien que ce vendredi-là « La Plume de Qwill » se termina par l'annonce suivante :

COOL KOKO EST EN VACANCES
POUR UNE PÉRIODE INDÉTERMINÉE.

Puis, d'un cœur léger, Qwilleran partit pour la plage avec les siamois. Ce n'était qu'un bref voyage d'inspection. L'équipe de nettoyage O'Dell était passée au chalet pour aérer, laver les vitres, contrôler les installations, enlever la poussière et balayer. On pouvait aussi espérer qu'ils avaient déblayé la piste des branches cassées.

Les siamois firent le trajet avec plaisir, blottis dans leur panier. Comment savaient-ils qu'ils allaient à la plage et non chez le vétérinaire ? Ils sentirent l'odeur du lac un bon kilomètre avant d'y parvenir et proférèrent des petits grognements de plaisir.

Près de la rive, la route se mit à monter et à descendre avec parfois des vues fugitives sur la vaste étendue d'eau bleue. Le bruit s'accrut sur le siège arrière. Puis la voiture tourna pour entrer dans la propriété K. La piste serpentait à travers des cerisiers sauvages et des chênes rabougris avant d'atteindre le sommet d'une dune sablonneuse.

Là se dressait le vénérable chalet en rondins avec sa cheminée en pierre monumentale et sa vue merveilleuse sur le lac. Les occupants du panier s'agitèrent, en grattant contre l'ouverture avec des cris joyeux.

Qwilleran entra le premier pour s'assurer de l'absence de péril, puis il transporta les chats. Il leur faudrait bien une heure pour renifler les deux porches, les tapis et les meubles à l'intérieur, le manteau équarri à la main au-dessus du foyer, les poutres et les chevrons, tandis que Qwilleran s'occuperait de leurs assiettes, de leurs bols d'eau et de leur litière.

Le réfrigérateur ne contenait que des glaçons, mais Qwilleran avait apporté des victuailles dans une glacière.

Dans le porche dominant le lac, il y avait une traverse de chemin de fer fixée sur le mur — destinée à servir de piédestal à une sculpture en cuivre représentant un voilier. Mais Koko se l'était appropriée pour surveiller les ondulations herbeuses de la dune, la plage au pied de celle-ci, les mouettes se battant pour un poisson mort et les promeneurs en quête d'agates. Il était encore trop tôt dans la saison pour qu'il y ait beaucoup de monde sur la plage, mais un couple passait : une jeune femme marchant comme en randonnée, les bras ballants, tandis qu'un jeune homme grand et filiforme la suivait, les mains dans les poches de son pantalon.

Qwilleran, qui connaissait tous les habitants du Club du Haut des Dunes côté est, en conclut que ces promeneurs étaient des nouveaux venus, invités par les habitués. Quand les jeunes gens revinrent sur leurs pas quelques minutes plus tard et s'arrêtèrent pour regarder le chalet, il ne bougea pas et se tint tranquille. La femme désigna le chalet du doigt, comme les étrangers le faisaient souvent, s'émerveillant de l'âge du bâtiment ou de la taille de sa cheminée en pierre. Les promeneurs désignaient souvent les chats. Malheureusement, certains pensaient qu'un siamois était une race coûteuse, valant la peine d'être volée, aussi Koko et Yom Yom n'avaient pas la permission d'aller sur les porches sans chaperon.

Quoi qu'il en fût, la jeune femme continuait à tendre le doigt en parlant à son compagnon avec volubilité, et il hochait la tête sans manifester beaucoup d'intérêt.

Il ne vint jamais à l'esprit de Qwilleran que ce pouvait être Lish et Lush.

Koko avait réagi à leur vue avec un demi-grognement, mais ce n'était pas inhabituel. Chaque fois qu'un doigt le désignait, il éprouvait un net ressentiment. Les compliments à son égard étaient acceptés avec grâce, mais il y avait quelque chose dans ce doigt tendu qui insultait sa sensibilité féline. Les chats ! Qui les comprendrait jamais ?

Le dimanche à midi, Qwilleran et Polly se rendirent en voiture au Club du Haut des Dunes pour déjeuner avec les Riker, leurs meilleurs amis. Arch était le directeur, assez pansu, du journal, Mildred, la jolie et un peu ronde chroniqueuse gastronomique. C'était un mariage tardif, car tous les deux avaient survécu à un désastre conjugal.

Le club consistait seulement en une rangée de bungalows surplombant des kilomètres d'eau bleue et portant des noms comme *Stupeur solaire, Nombreux Pins, Aucun Chêne.* Celui des Riker était jaune vif avec des volets noirs et une vaste terrasse en encorbellement au-dessus de la dune. Sur le large bord de la terrasse était assis Toulouse, un gros chat blanc et noir qui était entré un jour dans la vie de Mildred. Qwilleran, quand il arrivait, ne manquait jamais de le caresser en lui disant qu'il était une belle brute.

— Il est toujours l'épitomé du contentement ! dit Polly.

— Il peut l'être ! dit Qwilleran. C'était un chat perdu, sale, affamé, quand il a choisi comme maison celle de la chroniqueuse gastronomique du *Quelque Chose du Comté de Moose.* Comme dirait Cool Koko, s'il n'était pas en vacances : *Il y a un destin qui conduit les chats affamés à la bonne porte.*

Les Compton arrivèrent par la plage et gravirent l'échelle taillée dans le sable conduisant en haut de la dune. Lyle avait été inspecteur d'académie pendant vingt ans et ses démêlés avec les professeurs, les parents et les directeurs d'école lui avaient donné un air perpétuellement renfrogné bien qu'il ne manquât pas d'humour.

Son surnom dans les milieux scolaires était Scrooge[1]. Le nom de leur bungalow : *Bah Sottises.*

Lisa avait pris sa retraite de l'administration scolaire avec l'optimisme souriant d'une Campbell

---

1. Personnage du *Chant de Noël* de Dickens : vieil avare au cœur sec transfiguré par l'approche de la mort. *(N.d.T.)*

dont les ancêtres avaient fondé la ville de Brrr deux cents ans plus tôt.

C'était une journée de juin embaumée, avec un soleil agréable, une douce brise, une température idéale, aussi les apéritifs furent-ils servis sur la terrasse.

— Oh ! Qwill ! dit Lisa. N'allons-nous vraiment plus avoir d'adages de Cool Koko ? C'était si amusant !

— J'espère que les lecteurs seront inspirés et inventeront leurs propres kokoïsmes, répondit Qwilleran. J'ai d'autres préoccupations.

— Telles que... ? demanda Lyle.

— Le texte pour un one-man show sur la grande tempête de 1913 — pour l'anniversaire de Brrr. Thornton Haggis a fait les recherches. Ce sera présenté sous la même forme que *Le Grand Incendie* et Gary Pratt m'a recommandé la petite-fille de Mrs. Carroll, Alicia Carroll, pour le bruitage.

Il attendait une réaction.

— Est-elle de retour en ville ? demanda Mildred avec surprise. J'ai bavardé avec Mrs. Carroll après l'église, ce matin. Elle va s'installer au complexe d'Ittibittiwassee.

— Que va-t-il arriver au *Petit Mount Vernon* ? demanda Lyle.

— Espérons qu'elle laissera cette ravissante demeure à la ville pour en faire un musée, fit Lisa.

— De toute façon, je suis sûre qu'Alicia n'en voudrait pas, dit Mildred. Elle a une carrière au Pays d'En-Bas, à Milwaukee, je crois...

Lyle l'interrompit :

— Comme Cool Koko le dirait : *Comment allez-*

vous la ramener à la ferme après avoir connu Mil-
waukee ?

Mildred poursuivit sur un ton plus hésitant :

— N'en parlez pas, mais Alicia voyage avec un
jeune homme qui est supposé être son « chauffeur »,
parce qu'elle a un problème cardiaque. Cette situation n'est pas très bien acceptée par sa grand-mère.

Lisa reprit :

— J'étais l'assistante du directeur quand Alicia
est venue vivre avec sa grand-mère, après une tragédie familiale. Ce n'était pas seulement une élève
brillante, douée dans toutes les matières, mais elle
possédait un véritable esprit d'initiative. L'école
essayait toujours de récolter de l'argent, pour acheter des instruments de musique ou organiser un
voyage dans une des capitales du pays, en vendant
des gâteaux ou des cartes de Noël. Alicia suggéra
des loteries qui eurent beaucoup de succès, bien que
tout le monde prétendît qu'elle s'était servie au passage.

— Cela me fait penser qu'elle venait faire ses
devoirs à la bibliothèque, dit Polly. Un jour, elle
remarqua que nous nous efforcions de faire une col-
lecte pour remplacer la moquette ; nous demandions
aux abonnés de mettre de la monnaie dans une jarre.
Alicia vint me trouver et suggéra une loterie. Je lui
dis que je devais consulter le conseil d'administration. Quand nos « Chères Ladies » apprirent qu'il
s'agissait d'un jeu d'argent, elles poussèrent des cris
d'horreur et sortirent leurs chéquiers pour couvrir
les frais de la moquette.

— Un peu d'horreur peut être une bonne chose !
fit Qwilleran.

— Qui a dit cela ? demanda Riker. Benjamin Franklin ou Cool Koko ?

Un peu plus tard, Qwilleran remarqua :

— J'ai entendu dire, l'autre jour, que toute la population de dindons sauvages du comté de Moose avait disparu il y a quelque trente ans. Que s'est-il passé ?

Il y eut un échange de regards entre les Compton, puis Lyle expliqua :

— Une épidémie, qui décima toute la harde. C'est le genre de chose qui arrive dans le monde animal, et qui nous arrivera si nous ne mesurons pas davantage le danger de la pollution de l'eau et de l'atmosphère.

Suivit un moment de silence, jusqu'à ce qu'Arch propose :

— Qui veut un autre verre ?

La conversation changea de sujet et porta sur les grands projets pour l'anniversaire de Brrr. Lisa et Mildred collaboraient à l'un d'eux, appelé « La Folie de la marmelade ».

— Racontez-leur, dit Lisa.

— Non, c'est votre idée, à vous de parler.

— Eh bien... Comme vous le savez, Brrr a été fondé par des Écossais et nous avons encore une importante population écossaise. Certaines familles possèdent des carnets écrits à la main remontant à deux siècles. Elles les conservent dans leurs coffres à la banque et les ressortent pour les anniversaires. Tous ces livres contiennent des astuces pour faire la marmelade d'oranges, et — croyez-moi ! — les méthodes sont très nombreuses. « La Folie de la marmelade » combinera une exposition de ces recettes...

— Sous protection d'une garde armée, j'espère, dit Arch.

— Bien entendu ! Et l'air particulièrement féroce en kilt et tartan, avec les armes anciennes, assura Lisa.

— Il y aura aussi une dégustation de marmelades faites à la maison, bien entendu, et les gens voteront pour leur préférée. Ils pourront en acheter, et le produit de la vente ira à une œuvre de bienfaisance.

— Où cela aura-t-il lieu ? demanda Polly.

— Gary Pratt mettra une pièce à notre disposition au rez-de-chaussée. La salle de bal sera utilisée pour divers événements, y compris, je crois, le spectacle de Qwill.

Après le brunch, Lyle voulut descendre sur la plage fumer un cigare et Qwilleran l'accompagna pour faire des ricochets sur l'eau calme.

— Vous avez un bon tour de main, Qwill, vous avez raté votre vocation.

Ils marchèrent un peu et Qwilleran lança encore quelques galets, puis il demanda :

— Quand j'ai posé la question sur les dindons sauvages, ai-je eu droit à toute l'histoire ?

— Il est des choses que nous ne mentionnons pas devant Mildred... En fait, il y a eu une rumeur selon laquelle les dindons sauvages auraient été empoisonnés. Les céréaliers et les éleveurs de moutons affirmaient que c'était de véritables fléaux ; les familles protestaient contre les tirs incessants, car les chasseurs avaient l'habitude de flinguer un couple d'oiseaux pour leur dîner ; le premier mari de Mildred, qui élevait des dindes domestiques pour le marché, prétendait que ces animaux sauvages lésaient ses profits.

— Y a-t-il eu une enquête sur ces bruits d'empoisonnement ?

Qwilleran fit ricocher d'autres galets.

— Non, le public et les services officiels ont préféré penser que les dindons étaient morts de façon naturelle. Vous savez comment vont les choses par ici.

Quand Qwilleran et Polly retournèrent en voiture à Pickax, elle dit :

— L'architecte va arriver de Chicago demain par le dernier vol. Il m'a demandé de faire sa réservation à l'hôtel pour deux nuits. Cela lui laissera une journée entière pour discuter avec les entrepreneurs et résoudre leurs problèmes.

— Vos rapports avec lui sont-ils strictement professionnels ou en partie amicaux ? demanda Qwilleran. Dans ce dernier cas, j'irai le chercher, sinon la limousine de l'aéroport suffira.

— Laissons-le prendre la limousine, dit Polly. Cependant il souhaite vivement voir votre grange et l'*Auberge Boulder* qu'il considère toutes deux comme impossibles du point de vue architectural. Aussi, si cela vous convient, les entrepreneurs pourraient le déposer à votre grange en fin de journée.

— Sauront-ils où se trouve ma grange ? demanda Qwilleran.

— Mon ami, tout le monde sait où est votre grange ! Vous pourriez lui offrir un verre. Il aime le scotch. Je quitterai la bibliothèque un peu plus tôt pour aller changer de toilette, puis vous viendrez me chercher chez moi et nous irons dîner tous les trois à l'*Auberge Boulder.*

— Comme il vous plaira, dit-il sur un ton aimable, soulagé de savoir que son intérêt pour Benson Hedges — ou était-ce Hodges ? — était strictement professionnel.

CHAPITRE V

Pour Qwilleran, le mardi se révéla être une journée « intéressante », adjectif qu'il n'était pas enclin à employer s'il pouvait en trouver un meilleur.

D'abord, Polly téléphona avant de partir pour la bibliothèque afin de dire que Benson Hodges, l'architecte de Chicago, s'était présenté la veille au soir à l'*Auberge Mackintosh* et qu'il serait en conférence toute la journée avec les entrepreneurs de la librairie, mais qu'il devrait reprendre l'avion pour Chicago sans prendre de dîner à l'*Auberge Boulder*.

— Cependant, il tient à voir votre grange et vous pourrez peut-être lui offrir un verre avant qu'il ne prenne son avion.

— Je ne verserai pas un pleur sur Benson, Polly. Vous et moi irons dîner à l'*Auberge Boulder*. J'irai vous chercher au Village Indien à dix-huit heures.

L'appel téléphonique suivant venait de Gary Pratt, à la voix haut perchée.

— Salut, Qwill ! Ils sont de retour. Je veux parler de Lish et Lush !

— Je vais venir avec mon magnéto et l'ancien scénario, juste pour tester son habileté. Le nouveau

71

texte, sur la grande tempête, sera prêt pour la répétition la semaine prochaine.

— Je vous préviens, Qwill, la première fois qu'on rencontre Lish, c'est comme plonger dans le lac du haut de l'hôtel !

— Je porterai un costume imperméable, dit Qwilleran.

Quand il arriva à l'*Hôtel Booze* à l'heure prévue pour le « plongeon », il fut satisfait de voir un limerick gagnant de « La Plume de Qwill » encadré dans l'entrée.

> *Il y avait une jeune dame à Brrr*
> *Elle nageait couronnée de fleurs*
> *Quand un jour sous une impulsion*
> *Elle plongea dans les grands fonds*
> *Et depuis on la pleure !*

À l'heure dite, Gary présenta Alicia Carroll au célèbre Mr Q. dans la petite salle à manger privée du rez-de-chaussée, dissimulant son amusement avec difficulté. Qwilleran lui tendit une feuille de papier.

> *Il y avait une jeune fille appelée Lish*
> *On la disait timide comme une biche*
> *Mais avec une sauce tartare*
> *Et un peu de caviar*
> *Elle devint une véritable pouliche.*

— Appelez-moi Lish, dit-elle de cette voix rauque qui suggérait l'abus de cigarettes.

Elle avait une coupe de cheveux sévère, un tailleur pantalon décoloré, des manières à la fois sérieuses et détendues. Son visage était assez beau, avec des sourcils arqués, des pommettes hautes et un menton ferme, mais elle aurait eu besoin d'un peu de maquillage.

Il ouvrit son magnétophone et lui tendit un rapport de sonorisation.

— Je suis assis à une table avec un faux micro et le public écoute mon bulletin d'informations en direct. Pour introduire d'autres voix et des effets sonores, vous appuyez sur un bouton au bon moment et les spectateurs les entendent par le haut-parleur. C'est assez simple, mais demande une grande précision de votre part afin de convaincre l'auditoire que c'est réel.

Elle fit un signe de la tête.

— On essaie ?

— Ceci, comprenez-moi, c'est le spectacle que nous avons donné l'année dernière. Il y aura un nouveau manuscrit avec des repères pour le son dans quelques jours.

Calmement et avec précision, Lish enfonça les bons boutons quand il le fallait et demanda :

— Est-ce tout ?

Que pouvait-il dire ? Il ignora sa question et poursuivit :

— Il y aura huit représentations, la première le soir du 4 Juillet, les autres alternativement les samedis et dimanches soir de juin et d'août, réclamant une régularité absolue de votre part. C'est du show-biz, ajouta-t-il avec légèreté.

— Aucun problème, dit Lish. Combien est-ce payé ?

Heureusement, il avait été prévenu qu'elle était du type mercantile.

— Des centaines de bénévoles offrent leur travail pour ces deux mois d'animation, mais si vous pensez avoir droit à une rémunération, voyez la question avec Gary Pratt.

Il s'exprimait d'une voix froide, professionnelle, et enchaîna :

— Si vous êtes intéressée par une mission de recherches, je pourrais vous en suggérer une qui sera rémunérée au tarif horaire habituel.

— Quelle est cette mission ? demanda-t-elle sur un ton détaché.

— Elle n'a pas d'importance capitale, répondit-il. La prochaine fois que vous irez à Milwaukee, pourriez-vous rechercher s'il existe un Mountcle-mens ou un Bonifield dans cette ville ? Vous pour-riez aussi établir la liste des élevages félins figurant dans l'annuaire téléphonique, et voir si certains sont spécialisés dans les siamois.

— Je peux m'en charger. Quand vous faut-il ces renseignements ?

Qwilleran vit une étincelle dans ses yeux et il fit une pause avant de répondre. Ce n'était qu'un jeu, mais... il n'y avait aucun mal à essayer.

— Voici de quoi il s'agit.

Et il expliqua sa curiosité au sujet des ancêtres de Kao K'o Kung, juste assez pour éveiller son intérêt.

Après cela il rentra chez lui et attendit l'appel téléphonique de Gary.

— Que pensez-vous de ce gourmand petit monstre ? Tout le monde sait que ses parents lui ont laissé une rente importante et qu'elle héritera de sa grand-mère !

— Que lui avez-vous dit ?

— Je lui ai expliqué que nos deux cents béné-voles œuvraient gratis pour cette célébration, mais que nous ferions avec plaisir une quête auprès du public à chaque représentation pour rémunérer l'assistante de Mr. Qwilleran. Elle a fait marche arrière, mais, à mon avis, nous devrions avoir une remplaçante sous la main. Elle serait bien capable de prendre sa revanche en ne se présentant pas au jour dit.

— Avez-vous quelqu'un en tête, Gary ?

— Eh bien, il se pourrait que ma femme puisse s'en occuper, quoiqu'elle soit déjà surchargée de besogne avec la marina et la parade des bateaux. L'avez-vous déjà rencontrée, Qwill ? Maxine est une sacrée maligne !

— Alors pourquoi diable vous a-t-elle épousé ? plaisanta Qwilleran, et la conversation se termina par des éclats de rire amicaux.

Qwilleran commença à travailler sur le manuscrit de *La Grande Tempête*. Il fallait au début quelques mots d'accueil pour les spectateurs. Les fois d'avant, l'assistante de Qwilleran s'en était acquittée, mais tant Hixie Rice que Nancy Fincher étaient des jeunes femmes présentant bien, avec des voix aimables. Les traits classiques d'Alicia n'avaient rien de souriant, et sa voix gutturale, forcée pour être entendue de la grande salle, pourrait résonner comme un croassement. En cas d'urgence, Gary lui-même pourrait souhaiter la bienvenue, mais sa voix haut perchée et son allure balourde provoqueraient certainement des rires étouffés dans l'assistance. Et Qwilleran préférait toujours une femme, une jeune femme.

Il pensa à l'épouse de Gary. Celui-ci l'avait qualifiée de « maligne ». Mais présentait-elle bien ? Quel genre de femme, s'était-il souvent demandé, épouserait cet excentrique hôtelier poilu, aussi brave garçon qu'il puisse être? La question était loin d'être entendue.

En attendant, il se remit à son manuscrit en commençant par l'adresse au public.

> Bienvenue à *La Grande Tempête de 1913*, un drame original, écrit et interprété par Jim Qwilleran, basé sur des recherches historiques de Thornton Haggis. Vous devrez imaginer que des postes de radio existaient vraiment en 1913, et que vous écoutez les bulletins diffusés au cours de l'orage du siècle, durant lequel des bateaux sombrèrent et des villes furent détruites tout le long du rivage. La scène représente la station de radio WPKX dans la tour du tribunal du comté.
>
> *(Les lumières de la salle s'éteignent.)*
>
> *(Les lumières de la scène s'allument, découvrant une simple table en bois, au centre de l'avant-scène, avec dessus un [faux] micro, un téléphone débranché et une chaise en bois blanc. Sur la droite l'opérateur studio est assis devant la régie. Entre le présentateur, vêtu d'un lourd manteau et de grosses bottes. Il jette des papiers sur la table, suspend son manteau au dossier de sa chaise et teste le micro. De la musique sort des haut-parleurs. La Valse de Faust de Gounod. Le son de la musique diminue, laissant entendre la voix du speaker.)*
>
> Ici la station WPKX de Pickax pour les nouvelles de dernière minute au sujet de la tempête provoquée par trois zones de basses

pressions éclatant au-dessus du lac... Mais d'abord un mot de nos sponsors... Le Grand Magasin Landspeak propose des costumes trois pièces en pure laine à trois dollars, y compris une cravate gratuite si l'achat est fait aujourd'hui même. L'épicerie Toodle offre trois ventes spéciales jusqu'à épuisement des produits : des ananas frais à quinze *cents* pièce, des oranges à dix *cents* la douzaine, et des asperges, deux bottes pour un *quarter*... Le garage de Pickax vous annonce : « Si vous voulez échanger votre boghei pour une automobile, commandez-la dès maintenant et profitez des prix de 1913 : une torpédo Maxwell pour six cents dollars, ou une petite Maxwell pour cinq cents cinquante dollars, phares et pare-brise compris. » Et maintenant les nouvelles...

C'était tout ce que Qwilleran avait eu le temps d'écrire avant de s'habiller pour le dîner. Il ne put s'empêcher de rire à l'énoncé des prix de 1913 et pensa que cela amuserait le public. Les ananas à quinze *cents* et la voiture à six cents dollars étaient basés sur les véritables publicités parues dans le *Lockmaster Logger*. Il devrait ensuite se pencher sur le dossier de Thornton pour les nouvelles de la tempête glanées dans les récits historiques de la collection de la bibliothèque municipale.

Tout était prêt pour la visite de l'architecte. Qwilleran avait pris une douche, s'était rasé et avait rafraîchi sa moustache. Le dîner des chats avait été servi de bonne heure et ils avaient reçu des instructions pour se comporter convenablement. Soudain, une demi-heure avant l'heure prévue, un camion de chantier entra dans la cour et un homme, vêtu d'un costume d'homme d'affaires, jaillit du siège du passager et se pencha dans la cabine pour en sortir une valise.

Jouant les hôtes affables, Qwilleran s'avança la main tendue.

— Mr. Hedges, je présume?

— Hodges, corrigea le visiteur. Ne peux rester pour dîner. M'envole à dix-sept heures quinze. Réunion matinale demain à Chicago. Puis-je appeler un taxi d'ici?

— Entrez, dit Qwilleran, prenez un verre et regardez la grange. J'appelle un taxi.

L'architecte leva les yeux sur la haute grange comme s'il était en transe avant de prononcer son verdict :

— Intéressant!

— En effet, dit Qwilleran.

— Quel âge?

— Plus d'un siècle.

Bien qu'il employât généralement des phrases complètes, Qwilleran pouvait être concis, lui aussi.

Ils étaient observés par deux chats à la fenêtre de la cuisine.

— Siamois, dit Hodges comme s'il révélait un fait ésotérique.

— Exact! Suivez-moi. Vous pouvez laisser votre bagage dans le vieux coffre à côté de la porte.

— En toute sécurité? fut la question typique d'un citadin.

— Absolument.

Ils firent le tour vers l'arrière, qui était en réalité l'entrée principale avec ses belles doubles portes, devant l'élégant belvédère à huit côtés et son massif d'arbres en fleurs et d'oiseaux gazouillant.

— Jardin des oiseaux, indiqua Qwilleran. Belvédère pour les chats.

— Octogonal, commenta Hodges.

Dans l'entrée, qui était aussi vaste qu'un garage pour deux voitures, se dressaient le « vélo couché » ainsi que quelques objets d'art.

— Vous l'utilisez?

— Tout le temps. Un verre?

— Scotch, avec très peu d'eau.

— Faites le tour du propriétaire. Jolie vue du haut de la rampe.

Hodges promena son verre en silence.

— Qu'en pensez-vous? demanda Qwilleran quand il redescendit du troisième balcon.

— Je l'aurais fait un peu différemment. Qui est l'architecte?

— Dennis Hough, non inscrit. S'est pendu à un chevron son travail terminé... Un autre scotch?

— Avec un peu moins d'eau cette fois, dit Hodges en s'appuyant sur le bar. Vous vivez ici?

— On n'y est pas mal.

— Difficile à chauffer?

— Je passe l'hiver dans un appartement.

— Mrs. Duncan est une femme charmante. A-t-elle été mariée?

— Une fois.

— Une librairie est-elle viable dans cette ville?

— Elle le devrait.

Un taxi entra dans la cour et klaxonna.

Hodges avala les dernières gouttes de son scotch.

— Combien de temps pour gagner l'aéroport?

— Impossible à prévoir. Des cerfs peuvent traverser la route et vous retarder. C'est pourquoi j'ai demandé au chauffeur de venir tôt.

— Venez nous voir à Chicago, lança Hodges en partant.

— Je le ferai.

Une fois de plus il était satisfait d'avoir eu son magnéto en poche. Personne ne croirait à cette conversation laconique.

Une demi-heure plus tard, Qwilleran alla chercher Polly pour se rendre à l'*Auberge Boulder*. Il remarqua :

— Je pense que vous avez dit que Hedges était intéressant.

— Hodges, corrigea-t-elle. Benson sait beaucoup de choses, mais il parle peu. Vous savez, mon ami, je crois que vous faites un blocage psychologique sur son nom... ou bien vous le faites exprès, par malice.

Il eut un grognement peu compromettant et Polly savoura un silence amusé tandis qu'ils roulaient vers le lac.

L'*Auberge Boulder* avait plus de cent ans, elle était construite en blocs de pierre gros comme des baignoires, entassés les uns sur les autres sans plan apparent. Le sol de la salle à manger était une immense plaque de pierre plate qui était là depuis toujours. Il y avait un chat résident appelé Rocky, qui grimpait le mur extérieur comme une chèvre des montagnes. Et il y avait aussi un aubergiste jovial, Silas Dingwall, qui semblait sortir directement d'une gravure sur bois médiévale. Il installa Polly et Qwilleran à une table près d'une fenêtre dominant le lac et leur servit en guise d'apéritif deux assiettes d'huîtres frites.

Polly étant allergique aux mollusques, Qwilleran dut consommer les deux.

Tandis qu'il mangeait, Polly lui raconta les faits les plus saillants concernant la librairie.

— Vous rendez-vous compte qu'il y a une certaine psychologie dans la largeur des allées d'une librairie? Si elles sont trop larges, cela détruit l'impression de confort qui fait partie de l'atmosphère d'un magasin de livres. Si elles sont trop étroites, elles donnent aux clients l'impression d'être bousculés et mal à l'aise.

Qwilleran murmura quelques mots indistincts et elle poursuivit :

— Je viens juste d'apprendre que les achats impulsifs représentent cinquante pour cent des ventes dans les petites librairies. Cela demande un étalage attirant et la possibilité de prendre un livre et de lire la jaquette.

Après le plat principal et la salade, alors qu'ils attendaient le dessert, Mr. Dingwall s'approcha.

— Un photographe est venu cet après-midi prendre des photos de l'auberge pour le livre de souvenirs de Brrr. Nous avons retenu quatre pages.

— J'espère que Rocky a été photographié, dit Polly.

— Oh, oui! Il y a un cliché de lui risquant un coup d'œil dans l'une des chambres comme un voyeur polisson.

— Qui était le photographe? demanda Qwilleran.

— Mr. Bushland. Un fort beau gentleman, et il a

une très charmante jeune femme qui l'aide pour les éclairages.

— C'est le meilleur ! dit Qwilleran. Il a déjà gagné des prix. Rocky va peut-être figurer sur la couverture d'un magazine photo.

Plus tard, il dit à Polly :

— C'est la première fois que j'entends dire que Gary est un gentleman, et « fort beau » par-dessus le marché !

— Je me demande qui était la « charmante jeune femme », dit Polly.

À ce moment, une serveuse sortit en courant de la cuisine et murmura quelques mots à l'oreille de Dingwall, qui se précipita à son bureau. Après quoi, sa bonne humeur fit place à une allure soucieuse.

— Quelque chose ne va pas, Mr. Dingwall ? s'enquit Qwilleran.

Avec un regard vers les autres tables proches, l'aubergiste répondit en baissant la voix :

— Un accident d'avion. L'une de nos navettes de liaison s'est écrasée dans le Wisconsin. Celle de 17 h 30 pour Chicago. Pas de détails.

Polly frissonna et se couvrit le visage de ses mains en répétant à plusieurs reprises :

— Comme c'est terrible !

Qwilleran réclama l'addition.

— Ne vous alarmez pas, lui dit-il, tant que je n'ai pas appelé le journal.

Lorsqu'ils furent dans la voiture, il appela le rédacteur de garde.

— Pas de blessé, lui apprit le responsable des dépêches. Il s'agit d'un atterrissage forcé. Le pilote a posé l'avion en plein champ.

À Polly, Qwilleran remarqua :

— Cela va calmer les plaisanteries sur les rubans de Scotch et les morceaux de fil de fer.

— Qu'en dira Benson, à votre avis? demanda Polly.

— Je sais ce qu'il dira : Intéressant!

CHAPITRE VI

Tous les mercredis le *New York Times* publiait une rubrique gastronomique et Qwilleran allait toujours en ville à pied pour en acheter un exemplaire, non qu'il désirât savoir comment on confectionnait un soufflé au fromage. Ses propres activités culinaires se limitaient à nourrir les chats et à se faire un sandwich. Mais il aimait lire des articles sur les grands chefs et les restaurants importants.

Cela lui donnait aussi une bonne excuse pour passer à la *Boulangerie écossaise* où il achetait des scones, de la marmelade et du café.

— La meilleure marmelade que j'aie jamais goûtée, dit-il à la jeune femme aux joues roses qui se tenait à la caisse. La faites-vous ici ?

— Oui, mon cher garçon, répondit-elle. C'est une recette de mon arrière-grand-mère. Toute la différence est dans le temps de cuisson des oranges dans l'eau sucrée. Comment vont vos petits chatons, Mr. Q. ?

Lorsque Qwilleran arriva chez lui avec le journal et un pot de marmelade faite « comme à la maison », Koko l'accueillit à la porte et semblait partout à la fois : sautant sur le comptoir de la cuisine et le quittant d'un bond, faisant de même sur le bar du living-room. Il devait avoir une raison.

— Pourquoi crois-tu que tu peux te conduire ainsi, jeune homme ? demanda Qwilleran. Tu n'es qu'un « petit chaton », ajouta-t-il en riant.

Mais Koko ne se trompait jamais. Il y avait un message sur le répondeur et le chat semblait savoir que c'était important.

La voix gutturale de Lish Carroll était encore moins séduisante enregistrée.

« Clarence va me conduire à Milwaukee. Je travaillerai sur votre projet. Serai de retour à temps pour les répétitions. »

Qwilleran fut satisfait. Elle avait une attitude positive envers la représentation... et elle allait peut-être résoudre le mystère agaçant des origines de Koko et même de ses dons particuliers. Cela étant entendu, quelle était la raison de l'antagonisme manifesté par le chat à l'égard de Lish ? Était-ce le son de sa voix ? Se souvenait-il de ce doigt tendu ? Ou bien (mais c'était ridicule) ressentait-il une intrusion dans son propre héritage ?

— Tous à bord pour le belvédère ! annonça-t-il.

Transporter les chats, le café, le téléphone sans fil, la machine à écrire et l'épais dossier de Thornton nécessita deux voyages. Et il faudrait deux heures pour sélectionner les informations et les interviews.

S'appliquant à la tâche, il fit face au formidable défi de transformer les faits bruts en nouvelles haletantes, transmises à la radio à partir du dimanche 9 novembre 1913.

C'était une expérience éprouvante et il avait besoin de respirer un peu. Il téléphona à Polly à la bibliothèque.

— Qwill! Je suis heureuse que vous m'appeliez! Je viens juste d'avoir en ligne le bureau de Benson à Chicago. Sa secrétaire m'a dit qu'il était arrivé à Chicago très tard la nuit dernière et qu'il avait eu une réunion de bonne heure ce matin, mais elle m'a assurée qu'il avait bien supporté son atterrissage forcé. Devinez de quelle façon il a commenté l'incident? Il a dit que c'était une expérience *intéressante*! Qwill, que faites-vous en ce moment?

— Je travaille sur mon scénario. J'ai terminé l'introduction, au moment où la lumière s'éteint et où l'auditoire écoute un morceau de musique... Que pensez-vous que ce doive être?

— *Francesca da Rimini*[1], dit-elle aussitôt. C'est une bonne musique annonciatrice d'orage.

— Ne l'avons-nous pas déjà utilisée pour *Le Grand Incendie*? objecta-t-il.

— Personne ne s'en souviendra, mon ami.

— Je suppose que vous avez raison.

— *À bientôt!*

— *À bientôt!*

Ce dont Qwilleran avait besoin maintenant était de s'attaquer à un autre genre de défi et il se pencha sur *Les Vies privées de Koko et Yom Yom*. Jusqu'à présent il avait écrit une douzaine de sketches, allant de l'humoristique à l'érudit — des exploits machos de Koko aux faiblesses féminines de Yom Yom.

1. Opéra du compositeur italien Riccardo Zandonai (1883-1944). *(N.d.T.)*

Il se réconforta avec une tasse de café et écrivit ce qui suit :

LA QUESTION DU DÉ D'ARGENT

Voilà ce qu'il en est : il y a des milliers de chats d'intérieur, de chats de grange et d'amateurs de chats dans le comté de Moose, et les lecteurs de ma chronique « La Plume de Qwill » aiment lire les exploits de mes siamois, à l'occasion. Ils sont impressionnés par les hauts faits du bel et intelligent Koko, mais ils aiment la douce petite Yom Yom avec sa démarche élégante et sa volonté de fer. En fait, il existe un Fan-Club Yom Yom dans le pays.

Des membres de cette organisation non officielle lui adressent des souris crochetées qui couinent, des balles en plastique qui cliquettent. Mais son bien le plus précieux est un dé d'argent, cadeau d'une très chère lectrice qui, ne pouvant plus coudre, le lui a envoyé. « Les chats aiment les dés », m'écrivit-elle.

Yom Yom a toujours apprécié ce qui est petit et brillant, mais elle est absolument folle de son dé.

Elle le fait rouler d'une patte délicate, le transporte d'un endroit à l'autre entre ses petites dents. Elle le cache, oublie où elle l'a caché et miaule jusqu'à ce que je retourne les tapis, cherche derrière les coussins du divan et dans les corbeilles à papier.

Il lui arrive de le déposer dans la poche de ma veste, dans un bol de cacahuètes grillées et dans le tuyau d'évacuation de l'évier.

Je ferais mieux de le lui confisquer, mais je

n'en ai pas le courage. Elle serait capable de mourir de désespoir.

Je fais appel aux lecteurs du journal. Toute solution au problème sera considérée avec le plus grand intérêt. Adressez le courrier au service psychiatrique du Grand Hôpital général de Pickax.

CHAPITRE VII

La troisième semaine de juin serait très chargée pour Qwilleran et il se sentit tenu de dresser une liste de ses obligations :

Écrire « La Plume de Qwill » pour mardi. (Pourquoi pas sur le Club des rages de dents ?)

Préparer la chronique pour vendredi. (L'épidémie du « Kièce ? ».)

Écrire la seconde partie du scénario à temps pour la répétition de dimanche.

Commander des jonquilles.

Réserver la table pour vendredi soir.

Appeler Bushy à propos du livre de souvenirs de Brrr et de la « charmante jeune femme » qui travaille pour lui.

Ce qui ne figurait pas sur la liste mais restait implicite dans la vie de Qwilleran était le « temps de qualité » qu'il réservait à ses siamois deux fois par semaine.

Aussi occupé qu'il puisse être, rien ne devait interférer avec ce temps. « Ils sont ma seule famille ! » avait-il coutume de dire. Il était exact qu'ils lui apportaient leur compagnie, une distraction et parfois une certaine frustration. Un jour, il avait dit à Thornton Haggis :

— Quiconque vit seul a besoin d'avoir la responsabilité d'une créature vivante ou bien risque de péter les plombs !

Et Thornton avait répondu :

— Votre seul danger, selon moi, est de vous perdre dans un nuage d'hyperboles !

En ce matin particulier, les siamois s'étaient vu offrir un repas de gala : deux assiettes de saumon rose — une pour lui, une pour elle. Le repas avait été suivi des ablutions félines, un rituel qu'eux seuls pouvaient comprendre. Ensuite, ils furent brossés avec leur brosse favorite, ancienne, à dos d'argent, qui avait appartenu à la regrettée Iris Cobb.

Puis les deux mâles avaient regardé patiemment Yom Yom jouer avec son dé d'argent, le cacher, oublier où il était, le retrouver et finalement aller l'ensevelir dans un endroit secret.

Après cela, les deux chats eurent droit à l'athlétique « jeu de la cravate ». Cela les laissait toujours complètement épuisés. Ils s'allongeaient sur le côté, sans bouger — à l'exception de quelques battements de queue sur le sol. Ensuite, c'était le tour de Qwilleran de glisser la pointe de son soulier sous le ventre de l'un d'eux.

Instantanément, le chat reprenait vie, attaquant la chaussure avec les deux pattes avant, battant furieusement ce pied indiscret. C'était un jeu dont ils n'étaient jamais las.

Finalement, il y avait la session de lecture. Koko, en officiel « bibliochat », sautait sur une étagère, reniflait les reliures, et faisait une sélection. De façon courante il aimait les poésies de Robert Service, apparemment pour le rythme exubérant de sa poésie :

> *Je voulais l'or et je l'ai cherché*
> *Creusant, fouillant comme un esclave.*

Le *Quelque Chose du Comté de Moose* se vantait d'avoir dix mille abonnés, dont la plupart étaient membres du Club des rages de dents, comme Qwilleran l'appelait dans sa chronique. C'étaient des lecteurs qui posaient cette question dérangeante : « Pourquoi avez-vous toujours mal aux dents pendant le week-end, et pourquoi constatez-vous que c'est terminé quand vous êtes assis dans le fauteuil du dentiste le lundi matin ? » Les membres du Club ajoutaient leurs propres questions sans réponse et les adressaient au journal sous forme de cartes postales. Lorsqu'un nombre suffisant avait été accumulé, Qwilleran écrivait une autre chronique, attendue avec impatience tant par les membres du Club que par les non-membres.

« Pourquoi l'automobiliste devant vous conduit-il toujours trop lentement et celui qui est derrière vous toujours trop vite ? »

« Avez-vous jamais remarqué que dix minutes d'attente étaient beaucoup plus longues debout qu'assis ? »

« Nous savons tous que les médicaments ont des effets secondaires, mais que se passe-t-il quand ces bon sang d'effets secondaires ne se manifestent pas ? »

Arch Riker prétendait qu'avec ce genre de question le chroniqueur laissait ses lecteurs faire son travail à sa place, mais en fait, il appréciait la participation des lecteurs. Les abonnés parlaient des sujets d'irritation en buvant leur café et allaient ensuite en poster quelques-uns de leur cru.

Qwilleran lui-même avait un sujet d'irritation préférentiel : une intense horreur des questions sans réponse. Qui était « la jeune femme charmante » qui avait aidé John Bushland à photographier l'*Auberge Boulder* ? Bushy, Roger MacGillivray et Qwilleran avaient été victimes d'un terrible accident de bateau sur le lac, qui avait mis leur vie en danger. Qwilleran s'était toujours senti concerné par les succès professionnels du photographe et ses tragédies intimes. Bushy avait été malheureux dans le choix de ses assistantes, or maintenant il y avait cette « charmante jeune femme » qui l'aidait pour l'éclairage. Qui était-elle ? Qwilleran appela le studio.

— Studio de John Bushland, puis-je vous aider ? demanda une voix féminine qui lui parut vaguement familière.

— Ici, Jim Qwilleran. À qui ai-je l'honneur de parler ? demanda-t-il avec un formalisme comique.

— Qwill ! Ici, Janice Barth, vous souvenez-vous de moi ? De la maison de Thelma[1] ? Vous souvenez-vous des perroquets... et des gaufres ?

— Bien sûr ! Je me souviens de tout, en particulier des gaufres !! Aidez-vous Bushy dans son atelier ?

— Oui, et il m'apprend aussi à développer les photos afin que je puisse l'aider dans la chambre noire. Dois-je lui dire de vous rappeler ?

1. Voir *Le Chat qui cassait la baraque*, 10/18, n° 3536.

Quand le photographe lui rendit son appel, Qwilleran lui déclara :

— Nos espions nous ont raconté que vous aviez photographié l'*Auberge Boulder* pour le livre commémoratif sur Brrr et qu'une « charmante jeune femme » vous aidait à régler vos éclairages.

— Qwill, espèce de fouineur, vous êtes encore venu mettre votre nez dans mes affaires ! Eh bien, pour nous résumer, Janice n'est pas seulement sur la liste de mes employés, nous allons franchir le pas tout ce qu'il y a de plus légitimement !

— Quoi ? Vous l'épousez ? Quand ? Où ?

— Juste une cérémonie civile dans la maison de Pleasant Street avec Roger et sa femme comme témoins. Ensuite, il y aura un dîner de mariage très simple à l'*Auberge Boulder* auquel vous pourriez être ou ne pas être invité.

— Cela étant le cas, espèce de cachottier, je pourrais ou ne pourrais pas offrir le dîner... en cadeau de mariage à un copain qui a essayé de me noyer un jour ! En attendant, quelqu'un devrait prévenir Janice que vous recherchez depuis longtemps une aide gratuite. Et les cinq perroquets ? Allez-vous subvenir à leurs besoins ?

C'était ainsi qu'allaient les choses. Avant de retourner à sa *Grande Tempête,* Qwilleran eut une brillante inspiration. Il appela son ami Simmons, en Californie. Inspecteur de police en retraite, il avait été agent de sécurité au club privé de Thelma Thackeray, avant de devenir l'ami de la famille avec une invitation permanente à venir prendre le petit déjeuner de gaufres le dimanche matin. Pour Janice, c'était un oncle bienveillant. Et quand Thelma lui avait envoyé un billet d'avion pour venir à Pickax, Simmons et Qwilleran avaient immédiatement sympathisé et eu de bons rapports ; ce flic retraité et l'ancien chroniqueur judiciaire parlaient le même langage. Maintenant, Qwilleran allait à son tour lui envoyer un billet d'avion, et Simmons serait l'invité surprise au dîner de mariage. Janice serait absolument ravie.

Qwilleran dépista Simmons chez sa fille, où il faisait du baby-sitting auprès de ses petits-enfants.

— Formidable ! Mais j'ai un travail de surveillance jusqu'au 4 juillet auquel je ne peux pas me dérober, expliqua-t-il. Voici ce que je vais faire. Je prendrai le vol de nuit pour Chicago et ensuite la liaison du matin pour le comté de Moose. Merci d'avoir pensé à moi, Qwill. Je suis très heureux pour Janice.

— Vous serez peut-être intéressé d'apprendre qu'un corps a été trouvé sur ma propriété, au bord du lac ; la police fait des recherches. Et encore des recherches. Peut-être que vous et moi pourrions résoudre ce cas.

Au cours de la semaine, Qwilleran travailla à la seconde partie de son spectacle et écrivit sa chronique du vendredi, qui porta sur l'accroissement des mauvaises manières chez les utilisateurs du téléphone. Il leur reprochait d'être toujours pressés, d'appeler de leur voiture et plaignait les abonnés d'être sans cesse harcelés par des marchands de tapis ou des quémandeurs. « Qui est-ce ? » devenait « Kièce ? » Le fautif pouvait être aussi bien celui qui répondait que celui qui appelait, un mauvais numéro, ou n'importe qui se souciant peu de civilités.

Qwilleran écrivit :

> Est-ce là une lubie ? un phénomène ? une maladie sociale particulière affectant une zone à six cents kilomètres au nord de partout ? Si vous êtes membre du Club Kièce, envoyez-nous une carte postale. « La Plume de Qwill » aimerait être éclairée.

Le vendredi 20 juin avait été coché sur le calendrier de Qwill. C'était l'anniversaire de sa mère. Elle était morte quand il était à l'université et après cela sa vie avait été semblable à des montagnes russes.

Et puis, soudain, Anne Mackintosh Qwilleran était revenue dans sa mémoire. Il avait lu des lettres qu'elle avait écrites à une amie avant sa naissance. Elles avaient été la clef d'une porte fermée sur ses jeunes années. Elle l'avait élevé seule. Son père était mort avant que Qwilleran vienne au monde. Maintenant seulement, il appréciait ses efforts pour lui donner une éducation dans les formes.

Elle l'appelait Jamie. Il avait un compagnon de jeux appelé Archie, dont le père emmenait les deux garçons au zoo, à la parade, aux matchs de base-ball. À mesure que les enfants grandissaient, Mr. Riker leur donnait les conseils d'un père.

Il y avait certaines choses dont Qwilleran se souvenait sur Lady Anne, comme il l'appelait maintenant : la manière dont elle récitait toujours le même poème pour son propre anniversaire... la façon dont ses doigts volaient sur le piano quand elle jouait la version transcrite pour piano du *Vol du bourdon* et comme elle portait toujours un bracelet avec des médailles qui voltigeaient.

Aujourd'hui, Arch Riker était de nouveau dans sa vie, comme directeur du journal, et il semblait très légitime qu'Arch, Mildred et Polly honorent Lady Anne le jour de son anniversaire.

À la fin d'une journée de travail, les deux couples se réunirent dans la grange pour porter un toast à Lady Anne. Puis Polly lut un poème de Wordsworth — celui qui commençait par :

> *Je me promenais seule comme un nuage*
> *Qui flottait haut sur monts et vallons*
> *Quand tout à coup j'aperçus*
> *Une multitude de jonquilles dorées...*

« La Plume de Qwill » avait lancé l'idée que chacun devait avoir un « poème d'anniversaire ». Personnellement, Qwilleran avait adopté Kipling : « Si vous pouvez garder la tête froide quand tout le monde autour de vous perd la sienne et vous en rend responsable... »

Wetherby Goode, le météorologiste de la station WPKX, avait choisi Carl Sandburg : « Le brouillard arrive sur les pattes d'un petit chat... »

Mildred, qui avait survécu à plus que sa part de tragédies personnelles, citait Lizette Woodworth Reese[1] : « Quand je considère la vie et ses quelques années... je m'interroge sur la futilité des larmes. »

Polly citait Wordsworth, bien qu'elle eût changé

---

1. Poétesse américaine (1856-1935). Le poème cité est *Tears* (Larmes). *(N.d.T.)*

96

un mot ici ou là, précisait-elle : « Mon cœur saute quand j'aperçois un arc-en-ciel... »

Arch citait un poète inconnu : « Je sais deux choses sur un cheval et l'une d'elles est assez triviale. »

Puis l'hôte emmena ses invités à l'*Old Grist Mill,* où deux seaux à champagne remplis de jonquilles étaient posés sur une console dans le hall. Une carte indiquait : EN SOUVENIR D'ANNE MACKINTOSH QWILLERAN.

Mildred demanda :

— Comment avez-vous rassemblé autant de fleurs sans le moindre ruban ou quelque autre additif ?

— Les jonquilles ont été commandées à Chicago, expliqua Qwilleran. J'ai dit au fleuriste de les envoyer directement au restaurant parce que ce serait utilisé dans la salade.

— Qwill a toujours été un maître dans l'art de raconter des salades, ironisa Arch.

Au milieu des rires, ils portèrent un toast à la mémoire de Lady Anne.

Puis ils discutèrent de l'anniversaire de Brrr. Cinq cents pages avaient déjà été retenues dans le livre de souvenirs. Vingt mille T-shirts avaient été commandés — avec le même logo utilisé sur les affiches officielles : « Brrr » et « 200 » en rouge sur fond blanc, entouré d'une bouée bleue. John Bushland allait se remarier et les jeunes époux allaient vivre dans la maison de Thelma. Polly cita les statistiques concernant les ventes de livres potentielles en fonction du mètre carré et Qwilleran dit que le manuscrit de *La Grande Tempête* serait prêt pour la répétition de dimanche après-midi, même s'il devait y passer toute la nuit de samedi.

La semaine n'était pas terminée. Le samedi, il acheva la seconde partie du manuscrit de *La Grande Tempête* et quand Thornton lui téléphona du Centre artistique, il fut invité à remonter le sentier pour venir en écouter la lecture.

En plus de lire lui-même son texte avec émotion, Qwilleran dut également presser les boutons qui libéraient les voix des témoins, et le minutage n'était pas aussi précis qu'il le serait sur scène. Malgré tout, Thornton trouva la présentation passionnante et d'un réalisme absolu. Qwilleran protesta modestement, mais, en fait, il le pensait aussi.

Polly et lui avaient été d'accord pour oublier leur rendez-vous du samedi soir — elle pour étudier la psychologie d'un plan de librairie, et Qwilleran pour se préparer mentalement à la répétition du lendemain.

Ce fut alors que, le dimanche matin, Gary Pratt téléphona, sa voix haut perchée atteignant des sommets sous le coup d'une vive émotion.

— Qwill ! Vous ne devinerez jamais ce qui arrive ! Lish vient d'appeler. Elle est encore à Milwaukee ! Elle ne pourra être là pour la répétition, la sale petite bête ! Elle prétend qu'elle fait des recherches pour votre compte et que cela lui prend plus de temps qu'elle ne l'avait cru. Est-ce vrai ?

— Plus ou moins, mais c'était une tâche mineure et qui ne valait pas la peine de manquer une répétition.

— Elle a précisé qu'elle avait des nouvelles brûlantes pour vous.

Qwilleran émit un grognement réservé.

— Allez-vous venir quand même, Qwill ? J'ai

quelque chose d'important à vous confier. Maxine et moi devons vraiment vous parler.

— Des ennuis ? demanda Qwilleran.

— Eh bien... oui et non !

Les questions sans réponse étaient des blasphèmes pour Qwilleran, et il se sentit pris du désir irrésistible de manger un « bear-burger » à la mode de l'*Hôtel Booze*.

En arrivant, il dit à Gary :

— Vous ressemblez à un ours mal léché.

— Je n'ai pas fermé l'œil de la nuit, confia Gary. Je n'arrête pas de m'inquiéter à propos de quelque chose que Lish m'a dit quand elle était ici, au bar, avec Lush : un jour, *Mount Vernon* serait à elle et elle transformerait la maison en un Bed and Breakfast avant de construire des appartements sur l'arrière de la propriété. Je n'y ai pas attaché d'importance sur le moment, les gens disent n'importe quoi au bar, mais, la nuit dernière, j'ai réfléchi. Et si elle était sérieuse ? Vous savez, on raconte toujours l'histoire du type qui se vantait de faire sauter l'hôtel de ville et personne ne le croyait...

— Jusqu'au jour où il l'a fait, conclut Qwilleran. C'est un exemple classique.

— Ouais, et maintenant sa grand-mère a pris un appartement au centre de retraite afin de recevoir les soins nécessaires si son état de santé l'exige ! Peut-être n'a-t-elle plus longtemps à vivre ! Peut-être Lish pourra-t-elle mettre sa menace à exécution ! Mon estomac s'est retourné à la seule pensée que cette maison historique puisse devenir commerciale. Cette maison magnifique ! On dit que c'est le joyau de la couronne du parc de Brrr. Un

bon endroit pour un Bed and Breakfast, non ?
ajouta-t-il avec amertume. Le fait est que je n'ai
jamais pu supporter Lish au lycée. C'était une
bêcheuse ! Elle avait déjà sa propre voiture et un
permis spécial pour conduire avant l'âge légal. Elle
a toujours été première en tout. La seule chose qui
lui faisait défaut, c'était les rendez-vous amoureux.
Les garçons ne pouvaient pas la supporter.

— Alors, pourquoi me l'avez-vous recomman-
dée pour la représentation, Gary ?

— Eh bien, voyez-vous, je voulais lui montrer
quel genre de choses nous faisons et quel genre de
gens vivent ici. Nous ne sommes pas une bande de
rustauds !

Qwilleran répondit gaiement :

— On dirait que vous êtes dans de beaux draps,
mon ami, mais il y a une solution à tous les problèmes. Il suffit d'y réfléchir un peu. Savez-vous
quand Lish et Lush vont revenir ?

— Sa grand-mère le sait peut-être. Je me
demande ce que la vieille dame pense de Lush. On
sait seulement qu'elle voudrait que Lish épouse un
médecin, s'installe, fonde une famille, devienne pré-
sidente d'une association de parents d'élèves et
chante dans la chorale de la paroisse. C'est drôle,
alors pourquoi cela ne me fait-il pas rire ?

CHAPITRE VIII

Qwilleran avait des réactions ambivalentes au sujet de la répétition annulée. Il avait travaillé dur pour respecter la date limite. Et cependant — si cela répondait à la question depuis longtemps sans réponse sur les origines de Koko — il dirait que cela en valait la peine. Seul quelqu'un qui vivait depuis des années avec un chat médiumnique pouvait comprendre cette attitude.

Le dimanche matin, il téléphona à Polly, bien qu'il sût qu'elle assistait au service religieux, et il laissa un message :

« Répétitions repoussées. J'emmène les chats à la plage. Je vous appellerai ce soir. *À bientôt.* »

Après quoi il saisit Yom Yom avant qu'elle ait le temps de comprendre ses intentions et l'enfourna dans le panier de voyage en dépit de ses protestations. Koko y entra de son plein gré. Ensuite Qwill remplit un panier à pique-nique avec des boissons fraîches dans un sac réfrigérant, un sandwich au jambon pour lui, des croquettes pour les chats et deux cookies à la mélasse et au gingembre de la *Boulangerie écossaise.* Il se demanda comment ces humbles biscuits si simples, plats et bruns, pouvaient être aussi délectables. Et, réflexion faite, il ajouta les deux autres.

Il n'y avait qu'une demi-heure de trajet de la grange imposante au petit chalet amical. Dès leur arrivée, tous les trois s'installèrent dans le porche abrité surplombant le lac.

Il faisait une belle journée. L'eau clapotait doucement sur le rivage. Des bécasseaux allaient et venaient comme des jouets poussés par le vent. Une brise légère caressait les hautes herbes qui couvraient la dune, et il y avait toujours un petit oiseau pesant à peine quelques grammes qui se balançait, perché à l'extrémité d'une tige.

Koko assuma immédiatement sa pose de chat égyptien sur le haut piédestal qu'il considérait comme lui appartenant. Yom Yom se mit à courir après les insectes qui s'écrasaient contre l'écran. Qwilleran s'allongea dans un des grands fauteuils, les pieds sur un tabouret.

Au bout d'un moment, Koko émit un son guttural et dressa les oreilles vers l'est. Quelques minutes plus tard, un couple approcha sur la plage à la recherche d'agates que tous deux ramassaient et glissaient dans un petit sac plastique.

Qwilleran sortit et s'approcha de l'échelle fichée dans le sable en criant :

— Hé ! Là-bas, les intrus ! Aimeriez-vous une boisson fraîche ?

Lisa et Lyle Compton, portant tous les deux des T-shirts « Brrr 200 », acceptèrent volontiers.

Ils s'installèrent sur le porche et Qwilleran servit de l'eau de Squunk avec une goutte de sirop de canneberge. Les siamois étaient à leur aise avec les Compton et leur firent l'honneur de les ignorer,

Yom Yom en continuant à chasser les insectes, Koko en lissant son pelage.

Lyle déclara :

— J'attends avec impatience de voir votre spectacle sur la Grande Tempête. Mes ancêtres l'ont vécue, mais ils étaient peu enclins à en parler. Ils avaient la tendance des pionniers à minimiser les difficultés, allant jusqu'à plaisanter sur des événements malheureux.

Lisa acquiesça :

— Mon grand-père a survécu à la Grande Tempête. Au cours de la nuit la plus difficile, les vents violents détruisirent le poulailler et envoyèrent une planche à travers la fenêtre de la cuisine. La famille avait fini par s'endormir au premier étage et ne s'aperçut de rien avant le lendemain matin, quand tout le monde descendit et trouva les poulets dans la cuisine, perchés sur les tuyaux du poêle chaud !

Lyle enchaîna :

— Il y a aussi l'histoire que tout le monde racontait sur une paire d'amis appelés Alf Kirby et Bill Durby, qui travaillaient sur les trains, l'un comme chauffeur et l'autre comme garde-frein. Deux ou trois nuits par semaine ils avaient droit à un arrêt pour dormir et la compagnie leur permettait d'utiliser un chalet de deux pièces entre la voie ferrée et le bord du lac. Durby, bénéficiant du privilège de l'âge, avait la pièce donnant sur le lac. Le seul inconvénient était que la brise du lac faisait vibrer les vitres et par temps froid il y avait du givre au plafond le matin. La nuit de la Grande Tempête, Durby offrit cinq dollars à Kirby pour changer de pièce. Toujours intéressé par un marché profitable,

Kirby accepta. Mais les vents étaient d'une telle force que le petit cottage fut retourné sur ses fondations de sorte que Durby se retrouva du côté froid avec cinq dollars en moins dans sa poche.

— Yao! commenta bruyamment Koko du haut de son piédestal.

— Qu'est-ce qui lui prend? demanda Lyle.

— Koko pense que c'est une bonne histoire, mais il n'en croit pas un mot. Au fait, chers amis, j'aimerais en savoir un peu plus sur la Nuit écossaise qui doit avoir lieu lors de la célébration de Brrr.

Lisa, dont le nom de jeune fille était Campbell, et Lyle, dont la mère était une Ross, furent heureux d'en rapporter les détails. Ce serait une avant-première pour les deux mois de célébration de Brrr. Tous les clans seraient en costume des Highlands. Le parc, en face de l'hôtel, serait orné de lanternes japonaises, décoratives le jour et magiques la nuit. Sur l'estrade les joueurs de cornemuse et les danseurs interpréteraient le « pas écossais » et un quartet écossais chanterait une ballade sentimentale. Enfin, Miss Agatha Burns presserait le bouton pour éclairer le gâteau d'anniversaire en bois orné de deux cents bougies électriques.

— Devrais-je la connaître? demanda Qwilleran.

On lui expliqua aussitôt qu'il s'agissait d'un professeur en retraite de cent ans, maintenant confinée dans un fauteuil roulant et vivant à l'hôpital dans le pavillon pour personnes âgées.

— Trois générations d'étudiants ont voté tous les ans pour élire Miss Agatha Burns comme leur professeur préféré, dit Lisa. Elle avait du charisme et nous poussait à apprendre.

— Qu'enseignait-elle ? demanda Qwilleran.

— Ce que l'on appelait naguère « les langues mortes » ! expliqua Lyle avec une inhabituelle ferveur. Pouvez-vous croire que mon père ait fait quatre ans de latin et un an de grec classique, ici dans nos campagnes perdues ? L'État a supprimé ces deux matières afin de consolider le collège de Pickax et d'acheter des autobus scolaires qui polluent l'atmosphère. Autrefois, les gosses avaient l'habitude de faire un ou deux kilomètres à pied sans se plaindre pour se rendre à l'école.

— Et qu'a-t-elle enseigné après cela ? demanda Qwilleran.

— L'anglais, dit Lisa, mais elle ne manquait jamais de nous signaler les racines latines des mots anglais.

— Est-ce qu'une chronique de « La Plume de Qwill » sur Miss Agatha Burns serait une bonne idée pour coïncider avec l'ouverture de Brrr 200 ?

— Ce serait une idée parfaite, assura Lisa, mais elle a eu une petite attaque qui lui a enlevé l'usage de la parole. Il vaudrait peut-être mieux interviewer ses anciens élèves. Il s'en trouve beaucoup au Club des anciens et au complexe lttibittiwassee.

— La grand-mère d'Alicia serait-elle l'une d'entre elles ?

— Elle est très réservée et ne sera pas facile à interviewer, dit Lisa.

Ce n'était pas un obstacle pour un journaliste vétéran.

Il possédait un véritable talent pour provoquer les confidences des sujets les plus réticents. Sa voix riche et douce les mettait à l'aise. Il les écoutait attentivement, hochait la tête avec sympathie et

105

les regardait d'un d'air rêveur qui gagnait leur confiance.

— Êtes-vous déjà allée dans la maison des Carroll ? demanda-t-il.

— Une seule fois, dit Lisa. Elle ne reçoit pas beaucoup, mais c'était à l'occasion d'un thé au bénéfice de l'Église. C'est une très belle demeure, remplie de meubles anciens américains et anglais : Chippendale, Newport, Duncan Phyfe [1], Queen Anne, tout ce que l'on peut imaginer de mieux dans le genre.

— Si elle est assez sentimentale pour croire que sa petite-fille va quitter Milwaukee et venir vivre ici, elle est folle, déclara Lyle sans ambages. Alicia vendra le mobilier à un antiquaire de New York et la maison à un promoteur, qui la divisera en appartements et construira un immeuble de rapport sur le reste du terrain

— Yao ! cria-t-on de façon impérieuse du haut du piédestal.

Les invités se levèrent :

— Il nous dit de rentrer chez nous !

Qwilleran avait une idée et il avait hâte de la mettre à exécution. Dès son retour à la grange, il adressa un exemplaire des *Contes brefs et longs* aux Dr Wendell Carroll, Dr Hector Carroll et Dr Erasmus Carroll — les trois générations de médecins qui avaient exercé leur profession dans le comté de Moose depuis le temps des pionniers. Il y ajouta une note avec son numéro de téléphone privé qu'il

1. Ébéniste américain d'origine écossaise (1768-1854). *(N.d.T.)*

glissa entre les pages de la légende intitulée « Visite à domicile à cheval », puis il fit porter le livre par un coursier à moto au complexe Ittibittiwassee.

Peu de temps après, son téléphone sonna et une voix douce et cultivée dit :

— Mr. Qwilleran, ici Edythe Carroll. Nous ne nous sommes jamais rencontrés et je suis très touchée que vous m'ayez envoyé ce livre splendide. Le récit sur les médecins pionniers est si juste ! Il aurait pu être écrit par le Dr Erasmus !

Pour une personne considérée comme réticente et distante, Mrs. Carroll était remarquablement bavarde. Qwilleran murmura ce qu'il fallait.

— Vous ajoutez aussi, Mr. Qwilleran, que vous avez une idée dont vous aimeriez m'entretenir. Me ferez-vous l'honneur de venir prendre le thé avec moi demain ?

Qwilleran rafraîchit sa moustache, s'habilla de façon convenable pour prendre le thé avec la veuve du Dr Wendell et partit pour la maison de retraite.

Mrs. Carroll le reçut gracieusement dans un appartement qui était à coup sûr garni avec son propre mobilier. Elle avait les cheveux blancs, coupés de façon attrayante pour son âge, et elle portait une robe en soie bleu lavande et un peu de couleur sur ses joues.

— Aimez-vous les antiquités ? demanda-t-elle en faisant entrer Qwilleran dans le petit salon.

— J'admire la forme et le bois de certains meubles, répondit-il avec franchise, mais la plupart des gens entassent trop de meubles dans une seule pièce. Vous les avez disposés avec beaucoup de goût.

— Merci, dit-elle, visiblement flattée. Mon défunt mari n'aimait pas non plus l'encombrement.

En passant devant une vitrine, il aperçut un certain nombre de petits objets en porcelaine ressemblant à des salières. En regardant mieux, il vit que c'était des souliers miniatures.

— C'est une collection remarquable ! Je n'ai jamais rien vu de semblable !

— Les souliers miniatures en porcelaine sont faciles à collectionner, dit-elle. Mon mari et moi leur portions un intérêt romantique, mais je n'entends pas vous ennuyer avec cela. Approchez-vous de cette table, je vais apporter le thé.

Quand elle reparut à la porte de la cuisine chargée d'un plateau, Qwilleran se leva aussitôt et le porta sur la table. Les femmes d'un certain âge appréciaient toujours les manières courtoises de Qwilleran, qui les avait apprises « sur les genoux de sa mère », comme il aimait le dire. Il savait fort bien qu'elles feraient bonne impression sur la grand-mère de Lish.

Ils s'installèrent devant la table Queen Anne et Mrs. Carroll versa le thé dans de fines tasses en porcelaine.

— C'est du Darjeeling, précisa-t-elle, meilleur avec un soupçon de lait chaud.

Elle souleva la verseuse en argent d'un geste tentateur.

— S'il vous plaît, dit-il, avant d'affirmer : Si vous vous sentiez encline à me raconter l'histoire romantique de votre collection de souliers, je vous assure que je serais ravi de l'entendre.

— Vraiment ? s'écria-t-elle avec enthousiasme. Eh bien, voilà : lorsque j'étais une jeune femme, j'ai fréquenté l'académie de Lockmaster pour étudier la danse. Au cours d'une de nos représentations, nous avons eu comme spectateurs un groupe de jeunes gens parmi lesquels le Dr Wendell Carroll, qui étudiait la chirurgie du pied. Plus tard, il m'avoua qu'il était tombé amoureux de moi à cause de mes très petits pieds. Nous avons fini par nous marier et nous avons commencé une collection de souliers miniatures. Chaque fois que Dell revenait d'une conférence médicale à Chicago ou dans une autre grande ville, il arrivait à la maison en criant : « Edie ! J'ai trouvé une autre petite chaussure ! »

Elle jeta un coup d'œil attendri vers la vitrine et ils gardèrent tous deux un silence pensif. Finalement Qwilleran demanda :

— Avez-vous jamais connu un professeur appelée Agatha Burns ? Elle a cent ans et je vais écrire une chronique à son sujet.

— Oh, mais oui ! Elle était une telle source d'inspiration ! Elle m'a même encouragée à écrire de petits poèmes en latin et l'un d'eux a gagné un prix ! Quinze dollars, avec lesquels je me suis acheté une machine à écrire, manuelle et d'occasion. Je l'ai encore ! Je suppose que vous utilisez un ordinateur.

— Non. J'ai une machine à écrire électrique millésimée, qui lit dans mon esprit et sait quelle touche je dois frapper, mais il n'y a rien de tel qu'une vieille machine manuelle, avec des touches bruyantes et un clavier qui sonne quand le chariot arrive au bout.

Elle apprécia l'humour et sourit avec amusement.

— Puis-je vous appeler Edythe ? demanda-t-il. C'est un si joli nom !

— Je vous en prie, faites-le.

— Edythe, avez-vous jamais pensé à offrir *Mount Vernon* à la communauté afin d'en faire un mémorial aux trois docteurs Carroll — avec vos exquises antiquités — pour être admiré et apprécié comme un musée?

Des larmes lui montèrent aux yeux et elle les tamponna avec un fin mouchoir, garni de dentelle.

— Ah! Je ne sais que dire! cria-t-elle. Je suis bouleversée par l'émotion à votre aimable suggestion. Vous ne pouvez savoir ce que cela signifierait pour moi, Mr. Qwilleran.

— Je vous en prie, appelez-moi Qwill, dit-il de sa voix chaude qui avait accompli des miracles dans le passé. J'ignore vos intentions concernant la maison, mais quelles qu'elles soient, je souhaite que vous envisagiez d'honorer de cette manière trois générations de médecins.

» Vos meubles anciens seraient admirés par des visiteurs de tous les États-Unis. Une pièce pourrait être consacrée aux médecins pionniers et à leur équipement médical primitif : les scies utilisées pour les amputations sans anesthésie... les médicaments qu'ils préparaient eux-mêmes... les tables d'opération portatives qu'ils transportaient dans leurs bogheis pour opérer dans les cuisines de leurs patients. La société historique du comté a de nombreux objets de l'époque qui pourraient vous être prêtés, y compris ce qui doit être la plus grande collection de bassins au monde!

Négligeant l'exagération manifeste, Mrs. Carroll dit brusquement :

— Ma petite-fille s'attend à hériter de cette maison.

— Accepterait-elle de la partager avec la communauté ?

Il savait que c'était une question absurde.

— Je crains que non. Elle la vendra au plus offrant — à toutes fins utiles. Elle la considère comme une fantaisie amusante et absurde, bien qu'elle dise surtout cela pour me choquer.

— Avez-vous fait votre testament ?

— Il est chez le notaire pour être modifié.

Elle se mordit les lèvres avant d'ajouter :

— Alicia et son chauffeur ne sont pas en ville, et je suis allée dans la maison pour vérifier son état. J'ai été consternée ! Il y avait des récipients alimentaires sur ma jolie table de salle à manger en acajou... du linge sale sur les tapis d'Orient... et des ordures dans l'évier de la cuisine. Alicia n'a jamais été très soigneuse, mais là... ! Ce doit être l'influence de son... chauffeur. Je ne sais que faire.

— Puis-je faire une suggestion, Edythe ?

Le son de son prénom attira son attention.

— Bien sûr.

— Appelez votre notaire sans délai. Il pourra vous conseiller d'engager un gardien... de changer les serrures... et de prendre une rapide décision pour revoir votre testament. Expliquez-lui que vous aimeriez faire de cette maison le musée mémorial Carroll. Il n'existe rien de semblable dans tout le comté...

Il s'arrêta soudain en se souvenant du projet avorté d'un musée Klingenschoen et il ajouta avec moins de véhémence :

— La construction de *Mount Vernon* a-t-elle été votre idée ?

— Non, celle de mon beau-père. C'était un grand admirateur de George Washington.

— Raison de plus pour la préserver. N'attendez pas qu'il soit trop tard.

En repartant de l'appartement de Mrs. Carroll au complexe Ittibittiwassee, Qwilleran éprouva un grand sentiment de satisfaction. Un point devait demeurer clair : il voulait rester en dehors de l'affaire.

Dans la soirée, quand Polly et lui eurent leur habituelle conversation téléphonique tardive, elle lui dit :

— La journée a été tranquille à la librairie. Et vous, qu'avez-vous fait, mon ami ?

— J'ai travaillé à ma chronique de mardi. Avez-vous bien appris votre leçon ?

— Oui. Vous êtes-vous jamais rendu compte de l'importance des allées dans une librairie ? Tant au point de vue physique que psychologique ? Il doit y avoir suffisamment de place pour que les clients et le personnel puissent circuler. Il est bon qu'il y ait du monde dans une librairie, mais il ne faut pas que les clients se sentent bousculés.

— Je vois, dit Qwilleran. C'est un sujet très absorbant.

— Je dois prendre une soirée pour aller au club des oiseaux, dit-elle. Le conférencier est un expert de la mésange huppée.

— Elle doit être d'un rang social élevé, dit Qwilleran avec espièglerie.

— C'est un adorable petit oiseau, avec un plas-

112

tron jaune et une huppe sur la tête. Aimeriez-vous assister à la réunion? Je suis sûre que vous ne le regretterez pas.

— Peut-être le ferai-je. Qu'y aura-t-il pour dîner? Pas de pâté d'alouette, j'espère?

C'était l'aimable badinage de deux amis proches qui se téléphonaient chaque soir.

— *À bientôt,* dit-elle.

— *À bientôt.*

CHAPITRE IX

En quittant la grange le mardi matin, Qwilleran fut accompagné jusqu'à la porte par les siamois, qui s'assirent sur leur derrière et attendirent ses adieux, comme s'ils savaient ce qu'il allait dire. Il leur précisait toujours où il allait, ce qu'il comptait faire et quand il reviendrait. Après son départ, ils se mettraient à courir partout, éparpilleraient sur le sol les papiers de sa table de travail et renverseraient la corbeille à papier. Comme Cool Koko l'aurait dit : *Quand l'homme n'est pas là, les chats s'amusent.*

Qwilleran gagna en voiture la ville de Brrr qu'il connaissait surtout pour ses superbes burgers de l'*Ours Noir*, le café de l'*Hôtel Booze*. Pour la première fois, il remarqua le petit parc, de l'autre côté de la rue, avec sa modeste fontaine et ses bancs inconfortables où personne ne s'asseyait jamais.

Sa curiosité éveillée, Qwilleran fit le tour de la ville et vit un quartier d'affaires prospère... un monument aux Écossais qui avaient fondé la ville... une suite de rues résidentielles... et la large avenue connue sous le nom de Parkway. Elle était bordée d'impressionnantes résidences en pierre de taille, bâties au XIXe siècle, et à l'extrémité, brillant comme un feu de joie sous le soleil, se dressait la blanche réplique de Mount Vernon, construite par le deuxième Dr Carroll. Elle avait le toit rouge, les vastes pelouses de l'original, mais l'herbe aurait eu besoin d'être tondue.

La véritable raison de la visite de Qwilleran à Brrr était de rencontrer Maxine Pratt, qui devait maintenant s'occuper des effets sonores du spectacle. Il emprunta une rue transversale qui contournait l'hôtel et descendait vers le port. Sur la promenade en planches, une jeune femme portant une casquette de marin et une combinaison bleu roi donnait des instructions à un jeune géant blond qui tenait un marteau à la main. Il acquiesça à ses explications quand elle désigna un endroit et il repartit sur le ponton pour réparer des planches disjointes.

La jeune femme se retourna, reconnut la célèbre moustache.

— Qwill!

— Êtes-vous la femme de Gary? demanda-t-il. Ou bien portez-vous sa combinaison?

Le nom de Maxine était brodé sur la poche poitrine.

— Gary m'a tant parlé de vous!

— Comment une femme aussi charmante a-t-elle épousé cette brute velue?

— Il a peut-être l'air d'un ours noir, mais c'est un gros chat! Nous avions l'habitude d'aller naviguer sur son bateau et il me racontait combien un ciel plein de voiles et une brise qui murmure pouvaient émouvoir l'âme d'un homme. Je savais qu'il ne pouvait pas être méchant.

— Je suis heureux que vous soyez réunis, répondit Qwilleran. Et maintenant, dites-moi quand vous et moi pourrons nous rencontrer pour une répétition technique. Tout ce qu'il faut est une pièce tranquille avec deux tables et deux chaises.

— Demain soir, vers vingt heures?

— Parfait. Je vous ai apporté un rapport de synchro et une copie du scénario afin que vous puissiez savoir ce qui se passe entre vos interventions.

— Vous êtes bien organisé, Qwill!

— C'est beaucoup plus facile que d'organiser la parade de deux cents bateaux. Comment allez-vous vous y prendre? Défileront-ils en une seule file?

— Non. En flottilles d'environ vingt-cinq bateaux. Il y a huit villes au bord du lac et chacune a sa propre flottille, avec un chef de port responsable.

Qwilleran remarqua quelques touristes intéressés circulant sur le ponton et il dit :

— Vous me raconterez le reste demain soir. Apportez la présentation que vous comptez faire.

— Je la sais déjà par cœur, dit-elle avec fierté.

Qwilleran s'arrêta pour déjeuner au *Luncheonette de Loïs*. Le plat du jour le mardi était toujours de la dinde, et Loïs ne manquait jamais de lui en donner quelques morceaux pour les siamois. Il retourna ensuite à la grange pour une répétition privée de son rôle.

Il devait maintenant décider quelle nuance d'émotion mettre dans sa voix en tant que speaker. Devrait-il être neutre lors des premiers bulletins? Jusqu'à quel point devait-il laisser transparaître ses sentiments quand la situation empirait? Le ton de sa voix aussi bien que les mots qu'il lirait augmenteraient les réactions du public. Quand il fut satisfait de l'effet dramatique ainsi créé tout en gardant le sens des réalités, il but une tasse de café et se livra à une seconde répétition générale, en poussant le bouton *marche* pour introduire les interventions des témoins. Pour le moment, tout allait bien, mais quand une assistante assurerait le contrôle, le rythme s'accélérerait et l'émotion du public deviendrait plus intense.

En dépit des bruits divers, les siamois dormirent paisiblement sur leur fauteuil confortable... jusqu'à ce qu'un son inaudible les réveille tous les deux en sursaut, les oreilles balayant l'espace. Cela ne pouvait signifier que l'arrivée de quelqu'un ! Qwilleran quitta le belvédère, fit le tour du bâtiment et se retrouva dans la cour à temps pour voir une voiture émerger du bois, avec le ronronnement discret d'un véhicule en bon état. Les chats ne pouvaient l'avoir entendue arriver, ils l'avaient « sentie » dans leur sommeil. Qwilleran secoua la tête. C'était trop présumer.

En tout cas, il était heureux de voir son ami G. Allen Barter, de l'étude du notaire.

— Bart ! Qu'est-ce qui vous amène à venir rôder dans les bois comme un braconnier ? Que voulez-vous boire ?

— Rien aujourd'hui, merci. Je rentrais chez moi, mais en passant j'ai décidé qu'il serait plus facile de venir bavarder directement avec vous plutôt que de nous entretenir au téléphone.

Ils entrèrent dans le belvédère et il salua les siamois. En guise de réponse, ceux-ci se rendormirent.

— Belle journée ! dit Bart. Est-ce que j'interromps quelque chose ?

— Pas du tout. Asseyez-vous. Je vous préviens

qu'il y a des poils de chat sur tous les fauteuils. Et maintenant dites-moi ce que vous avez sur le cœur.

— Eh bien, un de mes associés a reçu un appel paniqué d'une cliente importante. Elle prétend que vous, Qwill, lui avez conseillé de déshériter sa petite-fille, de la chasser de la maison de Parkway, de changer les serrures et d'engager un agent de sécurité.

Avec calme, Qwilleran rétorqua :

— Je lui ai conseillé d'engager un gardien, mais je suppose qu'un agent de sécurité pourra également tondre la pelouse.

— Elle a aussi déclaré que vous, Qwill, lui avez conseillé de faire don de sa propriété à la ville pour la transformer en musée.

— Est-ce tout ?

— N'est-ce pas suffisant ? Comment diable êtes-vous mêlé aux affaires de la veuve du Dr Carroll ? Je ne m'intéresse à cela que parce que vous êtes mon client. Mon associé semble penser que tout cela a un sens.

Il fit une pause et ajouta :

— Quelqu'un sait-il quand cette jeune personne va revenir... d'où elle a pu aller ?

— À Milwaukee, pour affaires. J'ai engagé Alicia pour mener quelques recherches pendant qu'elle était là-bas, aussi suis-je certain qu'elle viendra me rendre compte... afin de toucher son salaire, si elle n'a pas d'autres raisons.

— Est-elle déjà venue ici, à la grange ?

— Non. Gary a pris soin de ne donner ni mon adresse ni mon numéro de téléphone à quiconque. Je précise que c'est son idée et non la mienne, mais j'ai apprécié son geste.

Barter hocha la tête :

— C'est un gars bien, avec beaucoup de bon sens... mais pourquoi porte-t-il cette barbe hideuse ?

— Il descend des pionniers et ils étaient — et sont toujours — de farouches individualistes. Je dois ajouter qu'il s'était rasé pour son mariage et tout le monde a pensé qu'il avait l'air insignifiant.

— À propos, il y a un à-côté bizarre à ce drame domestique, dit Bart. Comme vous le savez, je ne suis qu'un blanc-bec du Pays d'En-Bas, et je suis toujours stupéfait de voir les gens du cru tomber sur leur famille sans prévenir pour passer la nuit. L'élément de surprise paraît être une partie de la plaisanterie. Ils peuvent apporter leur sac de couchage et s'installer sur le tapis du salon, le sac de couchage est une autre partie de la plaisanterie. Bref, Mrs. Carroll nous a dit que sa petite-fille arrivait toujours sans prévenir. Supposez qu'elle se présente pendant le week-end et trouve la porte de *Mount Vernon* fermée à clef. J'aime autant vous dire que la direction du complexe Ittibittiwassee verrait d'un très mauvais œil un couple illégitime camper sur la moquette du salon, et toutes les chambres pour visiteurs sont louées des mois à l'avance. Deux lettres ont été adressées à Alicia par nos soins pour lui donner une liste de logements potentiels, mais qu'arrivera-t-il si le jeune couple débarque sans prévenir et sans avoir reçu nos avertissements ?

— Ne me regardez pas comme ça, dit Qwilleran. Ma chambre d'ami n'est pas disponible et je pense que les chats n'éprouvent aucune sympathie spontanée pour Alicia. Ils ne l'ont encore jamais rencontrée, mais Koko grogne chaque fois qu'elle parle au téléphone.

Il se retint de parler de la nature de la mission dont il l'avait chargée. Qwilleran lui-même commençait à considérer ces recherches comme une cause perdue.

Un instant plus tard, un cri perçant, à vous glacer le sang, s'éleva d'un coin du belvédère.

Le notaire sauta sur ses pieds en s'écriant :

— Que diable est-ce là ?

— C'est juste quelque chose que font les siamois mâles quand ils veulent attirer l'attention.

— À mon avis, on dirait surtout qu'il souffre d'un mal de ventre congénital. Vous devriez lui donner une pilule ! Eh bien, puisque me voilà debout, autant retourner chez moi.

Bart une fois parti, Qwilleran jeta un regard inquisiteur sur Koko. Ce cri perçant n'avait rien à voir avec une indigestion. Il voulait dire seulement que quelqu'un, quelque part, avait été assassiné et qu'il y avait une signification à ce crime. Quant à Qwilleran, il avait encore la chair de poule, provoquée par le miaulement de Koko, et il se frotta les deux bras pour rétablir la circulation.

Qwilleran s'offrit un dîner solitaire au *Café de l'Ours Noir* avant la répétition technique avec Maxine. En s'asseyant au bar, il put échanger quelques mots avec Gary, tandis que celui-ci allait et venait pour répondre aux commandes.

À cette occasion, le barman se comportait de façon très inhabituelle : ne disant rien, regardant autour de lui comme s'il s'attendait à être attaqué, et en même temps affichant un air mystérieux.

Finalement Qwilleran lui demanda :

— Y a-t-il quelque chose que vous aimeriez me

dire, Gary ? Ne me racontez pas que les Pratt attendent un heureux événement !

Ignorant la plaisanterie, Gary essuya le comptoir sur toute sa longueur avant de confier à voix basse :

— Je viens juste d'apprendre la nouvelle la plus surprenante...

— Comptez-vous la garder pour vous ou allez-vous me la faire partager ?

— Promettez-moi que vous n'en parlerez à personne.

— Promis !

En tant que journaliste, Qwilleran ne pouvait tolérer de ne pas savoir.

Gary jeta encore un coup d'œil d'un bout à l'autre du bar.

— Brrr va avoir *Mount Vernon*, avec tout son mobilier ancien, pour en faire un musée !

— Sans blague ? Où avez-vous appris ça ?

— J'ai juré de ne pas le répéter. Mais cela fera la Une du *Quelque Chose* bientôt.

— Il serait intéressant de savoir qui a manigancé toute l'affaire, n'est-ce pas, Gary ?

— Ouais... Eh bien, nous ne le saurons jamais. Ce que j'aimerais savoir, c'est comment cela va affecter Lish et Lush. Ils ont campé dans la maison, comme vous le savez.

À ce moment-là, il fut appelé à l'autre extrémité du bar par une serveuse pour remplir un plateau de boissons et ce fut la fin de cette grande intrigue pour la soirée.

Qwilleran se délectait encore de la nouvelle en allant rejoindre Maxine dans une petite pièce du rez-de-chaussée. Elle était beaucoup trop occupée pour avoir entendu parler de la rumeur.

— Très bien, comment allons-nous procéder ? demanda-t-elle en lui serrant la main. Je suis tout excitée !

— Vous êtes devant votre table d'enregistrement, Maxine, et moi devant mon micro. Tous les deux, face au public. Avant tout, je voudrais entendre votre introduction. Vous avancerez au bord de l'estrade, devant les spectateurs, pour faire votre discours, ensuite vous retournerez immédiatement à votre machine et vous presserez le premier bouton. Vous vous assiérez et resterez assise jusqu'à ce que nous venions tous les deux saluer le public à la fin.

— Y aura-t-il un entracte ?

— Ni pour le public ni pour vous, mais je quitterai la scène pour marquer le passage du temps, durant lequel votre magnéto diffusera de la musique de tempête.

— Quel genre d'expression devrai-je prendre ?

— Alerte. Concernée. Mais cependant pas de réaction aux nouvelles.

— Et comment devrai-je m'habiller ?

— Une tenue sans âge, hors du temps. Un chemisier à col haut et une jupe juste au-dessus de la cheville. Il vous faudra les porter la semaine prochaine, lors de la répétition générale.

Maxine se montra si efficace, si agréable, que Qwilleran envisagea de donner davantage de représentations que les sept primitivement prévues.

Les siamois étaient nerveux ce soir-là, sautant fréquemment sur le comptoir de la cuisine et regardant par la fenêtre pour percer l'obscurité des bois.

— Attendez-vous quelqu'un ? leur demanda Qwilleran d'un ton facétieux.

Finalement, un véhicule surgit derrière les arbres et s'arrêta à la porte de la cuisine avec l'assurance d'un visiteur assidu. Les chats se mirent à s'agiter comme pour dire : « Le voilà ! »

— Qu'est-ce qui vous amène dans ce nuage de poussière ? demanda Qwilleran.

— La soif, mon petit vieux ! dit le chef de la police. Et quelques nouvelles policières de surcroît.

Il s'installa de lui-même au bar et Qwilleran lui servit un scotch et du fromage, tandis que les chats l'observaient à distance respectueuse.

— Ne me laissez pas ainsi en suspens, Andy. Ont-ils arrêté le vandale qui barbouillait les fenêtres ?

Écartant la plaisanterie avec un grognement, Brodie répondit :

— Il y a eu un crime dans le nord du Michigan qui ressemble à celui qui a eu lieu dans votre propriété. Même modus operandi... même genre d'arme... même genre de victime... même sorte de terrain boisé.

— De telles similarités vous aident-elles dans vos investigations ? demanda Qwilleran d'un ton absent.

Son esprit était ailleurs. Il pensait au cri de mort poussé par Koko. Ce n'était pas la première fois que ce chat remarquable sentait un terrible méfait qui se produisait en un lieu lointain.

Peu importait l'éloignement, il y avait toujours un lien avec l'ici et maintenant. C'était la raison pour laquelle Qwilleran avait voulu faire des recherches sur les origines de Koko.

CHAPITRE X

Il y eut un moment de panique dans la grange hexagonale le samedi soir, mais pas pour les deux chats, blottis sur le manteau de la cheminée et regardant la scène fantastique qui se déroulait en bas. Quatre humains allaient et venaient à quatre pattes, roulaient les tapis, grimpaient sur une échelle, retournaient les coussins des sièges, renversaient les corbeilles à papier sur le sol !

— Le voilà ! Je l'ai trouvé ! cria Mildred Riker.

— Dieu soit loué ! Je pensais qu'elle l'avait avalé ! s'exclama Qwilleran.

— Vous devriez le cacher dans un tiroir fermé à clef, suggéra Riker avec autorité.

Imitant la voix de l'échotier de la station WPKX, Polly Duncan annonça :

— La recherche d'un dé d'argent devenu fou s'est déroulée avec succès à la résidence de James Mackintosh Qwilleran dans la soirée de samedi. Des rafraîchissements ont été servis ensuite et tout le monde s'est bien amusé.

— Ce sera un double martini pour moi, dit Arch.

Qwilleran servit un sherry sec pour Polly et prépara des « cocktails Q. » pour Mildred et lui-même.

124

Après quoi, tous les quatre s'installèrent autour de la grande table à cocktail carrée avec des coupes de noisettes à peau rouge.

Arch ronchonna :

— Je n'aime pas les peaux.

— Elles sont nourrissantes, chéri, dit sa femme.

— Je n'aime rien de ce qui est bon pour moi.

— Il essaie seulement d'avoir l'air macho, expliqua-t-elle.

Tous les quatre étaient de vieux amis et la règle était : Tout va bien ! Les deux hommes se connaissaient depuis le jardin d'enfants à Chicago.

— Avez-vous des nouvelles de votre sœur, Arch ? demanda Qwilleran.

— Oh ! Bien sûr ! Elle vit avec son second mari dans le Kansas et vend des propriétés tout en continuant à écrire son journal.

— Est-ce que je ne détecte pas l'ombre d'un sarcasme chez vous deux ? demanda Mildred.

— Nous pouvons aussi bien tout confesser, Arch, dit Qwilleran. À la vérité, nous lui avions volé son journal intime, un jour.

Arch précisa aussitôt :

— Nous l'avions seulement emprunté après l'avoir trouvé dans le tiroir de sa coiffeuse pendant qu'elle était allée faire du patin sur glace. Nous étions en septième, elle était en cinquième et commençait à s'intéresser aux garçons.

— C'était un sujet brûlant, acquiesça Qwilleran. Elle utilisait des noms de code pour désigner ses petits amis. Elle disait combien *George Washington* la regardait d'une façon étrange qui la laissait toute tremblante, et comment elle avait failli s'évanouir quand *Benjamin Franklin* lui avait dit « Salut ! » avant le cours d'histoire.

Arch précisa :

— Nous avions remis le journal soigneusement à sa place, mais elle avait mis une marque et l'indiscrétion fut découverte. Cela avait été son idée, dit-il en pointant un index accusateur sur son vieil ami, et c'est moi qui ai été puni. J'ai perdu une semaine d'argent de poche.

— Si je me souviens bien, dit Qwilleran, je vous ai noblement donné la moitié du mien.

— Oui, mais j'ai été aussi privé de dessert trois soirs de suite, pendant qu'elle me narguait en se régalant en face de moi.

Mildred et Polly échangèrent un regard résigné.

Au même moment, Yom Yom traversa la pièce, son dé d'argent serré entre ses deux mâchoires, et la question fut soulevée : pourquoi les chats aimaient-ils les dés ? (Ils sont petits et peuvent être cachés ; ils sont ronds et peuvent rouler.)

— Et si nous votions ? proposa Qwilleran. Allons-nous prendre un autre verre ou sortons-nous pour dîner ?

Arch perdit et ils se rendirent à l'*Auberge Casse-Noisettes* à Black Creek. L'établissement occupait un manoir victorien célèbre pour ses boiseries en noyer sombre et son échine de porc. Ils commandèrent donc la spécialité de la maison. Le repas fut délicieux et la conversation se déroula agréablement. Dans le parc, les écureuils amusaient les clients par leurs facéties. Le chef cuisinier vint dans la salle baiser les mains des dames. Tout se passa donc le mieux du monde jusqu'à ce que...

Au milieu de la nuit, Qwilleran fit un cauchemar.

126

Lish et Lush pénétraient dans la chambre d'amis au deuxième balcon, en dépit des feulements de Koko. Le rêve était si réel et si désagréable que Qwilleran se leva pour prendre une torche électrique avec laquelle il sortit et fit trois fois le tour de la grange en pyjama, dérangeant ainsi de petits animaux nocturnes qui se sauvèrent dans les fourrés ou s'envolèrent dans les arbres. Quand il rentra finalement, Qwilleran écrivit dans son journal intime avant de se remettre au lit.

Samedi 28 juin. Rectificatif : *Dimanche matin, 29 juin.* — Pourquoi ai-je commandé du porc pour dîner, je le digère toujours mal ? Pourquoi ai-je jamais envisagé d'engager cette prima donna cupide pour m'aider dans *La Grande Tempête* ? Et pourquoi l'ai-je chargée de faire des recherches à Milwaukee — en lui remettant cinquante dollars en toute confiance ? C'est pure vanité de ma part de vouloir connaître les origines de Koko. Alors que ce chat si futé se moque complètement de savoir s'il descend d'une lignée royale de l'ancien Siam ou d'un ordinateur, pourvu qu'il ait deux bons repas par jour, deux collations à intervalles convenables, un brossage quotidien vigoureux au moyen d'une brosse à dos d'argent, et de nombreuses distractions au cours de ses journées !

L'appel de Californie eut lieu vers midi le lundi pour annoncer l'heure d'arrivée de l'avion de Simmons le samedi suivant.

— Parfait ! J'irai vous chercher à l'aéroport, dit Qwilleran. Nous laisserons vos bagages à la grange et vous aurez le temps de vous changer pour le dîner de mariage.

— Avez-vous une quelconque suggestion à me faire pour un cadeau de mariage adéquat ?

— Pas de gaufrier, dit Qwilleran qui sursauta en entendant l'éclat de rire qui lui déchira l'oreille. Ils vont vivre dans la maison de Thelma, qui est entièrement meublée et équipée, comme vous le savez.

— J'ai une autre idée, Qwill. Quand je travaillais au club de Thelma comme agent de sécurité, en feignant d'être un ami, j'ai relaté certains faits que je jugeais importants dans un cahier. Je ne prétends pas être écrivain, et ce n'est qu'un carnet de notes, mais j'ai songé à en faire un paquet et à l'offrir à Janice. Cela lui rappellera des souvenirs.

— Excellente idée, Simmons, mais vous devriez en conserver une copie pour vous-même.

— Très bien. Je vais le faire photocopier.

— Inutile. Apportez-le ici, j'ai une photocopieuse.

Qwilleran était curieux de voir ce carnet. Il pouvait offrir des possibilités.

— Entendu, Qwill. Je vous verrai bientôt.

— Je vous attends avec impatience.

Mais surtout, Qwilleran avait hâte d'avoir de franches discussions avec Simmons sur des sujets à éviter dans une petite ville. Et même avec des amis intimes comme Polly et Arch, il pratiquait une sorte d'autocensure.

Qwilleran se rendit en voiture à l'*Auberge Boulder* avec un exemplaire dédicacé des *Contes brefs et longs* pour Silas Dingwall, qui avait contribué à une légende intitulée : « Le Mystère du Trou du Diable ». L'aubergiste fut enchanté de voir son nom figurer dans le livre et le récit rapporté textuellement. En fait, il était lui-même un excellent conteur et rassemblait souvent ses clients devant un feu de bois autour de la cheminée par une nuit froide pour leur raconter des histoires de fantômes qui circulaient dans sa famille depuis des générations et qu'il jurait être authentiques.

Qwilleran dit à Dingwall :

— Pendant que je suis là, discutons du dîner de mariage. Tous les frais seront réglés par moi. Il y aura trois couples, plus un invité surprise venant de Californie. Où nous installerez-vous ?

— Ah, j'ai une salle vitrée, en haut, avec vue sur le lac, que je réserve pour des réunions privées. Il y a une table ovale qui peut être ornée d'une belle nappe brodée.

— Cela me paraît idéal, dit Qwilleran. Laissez-moi vous parler de l'invité surprise.

Dingwall, qui aimait les petites intrigues, proposa :

— Nous le cacherons dans le bureau jusqu'au bon moment. On lui servira un verre sur le compte de la maison... pendant qu'il attendra.

Avec jovialité, Qwilleran dit :

— Je dois vous préciser, Silas, que c'est le fils d'un inspecteur des impôts !

— Peu importe de qui il est le fils, s'il est votre ami, il est le bienvenu.

— J'aimerais commander des fleurs pour la table. Avez-vous une suggestion ?

— Seulement celle-ci : il vaut mieux deux coupes basses plutôt qu'un de ces hauts arrangements floraux. Nous utilisons une très belle nappe qui offre un fond idéal à toutes fleurs que vous choisirez.

— J'aimerais que Mrs. Duncan décide du choix des fleurs. Puis-je me servir de votre téléphone?

Il appela la bibliothèque et posa la question.

— Des lis! dit-elle. Sans hésitation, des lis. Ils ont les floraisons les plus extraverties, et sans leurs longues tiges, ils ont une personnalité attachante. De plus, on en trouve de toutes les couleurs. Cela dépend surtout des couleurs portées par la mariée et sa dame d'honneur. Le sauriez-vous, par hasard?

— Non, le hasard ne m'a rien appris, dit-il avec un peu d'irritation.

Plus calmement, il ajouta:

— Voudriez-vous être assez bonne pour appeler Janice et Sharon MacGillivray et le leur demander?

— Volontiers, dit-elle, ainsi je saurai quoi porter moi-même.

Qwilleran se tourna vers Dingwall:

— C'est plus compliqué que je ne l'imaginais. La fleuriste vous livrera les fleurs samedi matin.

Tout le long du chemin, en revenant du lac, ce qui prit une demi-heure, Qwilleran essaya de trouver une idée pour sa chronique de mardi. Elle devrait être originale, valable, intéressante, stimulante, amusante et facile à écrire. Rien ne lui vint à l'esprit. Cela signifiait qu'une autre sélection de livre était nécessaire.

— Livre! cria-t-il en entrant dans la grange.

Koko s'élança aussitôt pour sauter sur une étagère et délogea un livre mince que Qwilleran avait acheté parce qu'il était écrit par l'auteur d'*Alice au pays des merveilles*. Assez tristement, ni l'homme ni le chat ne l'avaient apprécié et il avait été relégué sur l'étagère. Pourquoi le « bibliochat » attirait-il l'attention dessus ? Koko ne faisait jamais rien sans raison.

Qwilleran remplit le sac en toile avec les deux chats, des rafraîchissements et l'exemplaire en livre de poche de *La Chasse au snark,* en disant :

— Nous avons tous besoin d'un peu d'air frais.

Ils se dirigèrent donc en troupe vers le belvédère et, se reposant dans son fauteuil préféré, Qwilleran commença à somnoler. Après tout, cette nuit mouvementée l'avait privé de sommeil.

Il ne fallut pas longtemps avant qu'il soit réveillé par une cacophonie de sons sauvages venant de Koko, qui regardait à travers le grillage dans le jardin des oiseaux. Il y eut un mouvement dans les buissons, et des branches s'écartèrent pour laisser passer un de ces grands oiseaux au cou anguiforme, aux caroncules rouges, au corps décharné et aux longues pattes squameuses.

Puis, pour compliquer le mystère, l'oiseau fut suivi par une quinzaine ou plus de petites répliques, hautes d'une quinzaine de centimètres. Leur comportement était certainement plus assuré que celui de leurs observateurs dans le belvédère. Tandis qu'ils les regardaient avec incrédulité, le grand oiseau retourna dans le taillis, suivi par la troupe de clones obéissants.

Sur une brusque impulsion, Qwilleran téléphona à l'*Hôtel Booze* et demanda à Gary :

— Qu'est-ce que ce « Trot des dindons » qui est annoncé au café ?

— C'est la réunion mensuelle du Club du plein air. Ils ont un orateur populaire qui vient du Minnesota. Il va parler des dindons sauvages. Tout le monde est bienvenu. Cela aura lieu demain soir à sept heures. Vous intéressez-vous aux dindons sauvages ?

— Je suis seulement curieux.

CHAPITRE XI

Qwilleran arriva à l'*Hôtel Booze* en avance pour la conférence sur les dindons, espérant manger un burger dans un coin sombre du café, puis se glisser dans la salle à la dernière minute. Malheureusement, sa simple présence conduisait toujours le public à croire qu'il couvrait l'événement pour le journal ou qu'il avait l'intention d'écrire une chronique pour « La Plume de Qwill ».

On entendait une foule excitée se rassembler dans le hall, dans l'attente de l'ouverture des portes de la salle de banquet. Plus d'une centaine de sièges avaient été installés, il restait de la place pour ceux qui seraient debout et Qwilleran pénétra dans la pièce au dernier moment, s'installant près de la porte — non par crainte d'un incendie (bien que l'idée lui ait traversé l'esprit), mais dans l'intention de s'éclipser promptement à la fin de la réunion.

Un brouhaha excité régnait dans la salle. Certains membres du club avaient déjà entendu le conférencier et il y eut des cris pour signaler son arrivée : « Le voilà ! Voilà Harry ! »

Un homme d'allure athlétique, bien que déjà d'un

certain âge, descendait l'allée latérale et sauta sur l'estrade basse.

— Salut, mes amis ! Tous les amis de la nature sont les miens !

(Nombreux applaudissements.)

Les lumières s'éteignirent et un grand écran, au fond de l'estrade, s'éclaira avec le portrait d'un oiseau au long cou avec barbe, caroncules, fanons et des yeux comme des soucoupes.

— Cette étrange créature est un dindon sauvage. Il en existait des troupeaux dans les bois au temps où les Pères Pèlerins accostèrent ici, et il y en a probablement des millions aujourd'hui. Benjamin Franklin suggéra d'en faire l'oiseau national, mais le cher homme avait le sens de l'humour et je pense qu'il plaisantait. Il aurait été certainement inapproprié que la moitié de la population chasse l'oiseau national pour avoir de la nourriture sur sa table !

» Dans de nombreux États, c'est toujours le principal gibier à plume, avec des populations estimées à cent mille oiseaux. Des lois réglementent les dates d'ouverture et de fermeture de la chasse, les armes de chasse et même les méthodes de piégeage. Cela vous rend curieux d'en apprendre davantage sur cette espèce remarquable.

» La plupart d'entre vous, tout comme moi, sont des amoureux de la nature et non des chasseurs, aussi laissez-moi vous préciser certains faits intéressants sur cette espèce inhabituelle. Et tout d'abord, avez-vous déjà vu un animal aussi curieux ? Son cou est trop long, sa tête trop petite, ses yeux trop grands, son corps hors de toute proportion. On dirait qu'il a été dessiné par un comité.

(Rires.)

— Mais ils doivent avoir beaucoup de sex-appeal, car ils figurent parmi les oiseaux les plus prolifiques. Les femelles pondent quinze œufs. Les petits sont appelés des dindonneaux.

Qwilleran pensa : « C'est ce que j'ai vu : une mère et ses quinze dindonneaux. »

L'orateur cita ensuite les statistiques appréciées par l'auditoire. Les dindons sauvages peuvent courir à trente kilomètres à l'heure et voler à quatre-vingts kilomètres à l'heure. Ils se perchent sur les branches des chênes et des pins. Ils se nourrissent d'herbe, de noix, de baies et d'insectes. Ils communiquent entre eux au moyen de gloussements, de glouglous, de glapissements, de caquètements et de jacassements.

« Dieu tout-puissant ! pensa Qwilleran. Ce sont les bruits que fait Koko !... Où a-t-il appris ce langage ?... A-t-il attiré les dindons sauvages dans le comté de Moose après trente ans d'absence ?... Impossible ! »

Il se glissa hors de la salle. Au moins c'était réconfortant de savoir que ces créatures bizarres du jardin des oiseaux étaient bien réelles et non des hallucinations.

Dans le hall, une jeune femme charmante était assise devant une longue table sur laquelle étaient disposés ce qui ressemblait à des brownies au chocolat, chacun dans un sac en plastique.

— Bonsoir, dit-il de la voix musicale qu'il réservait à de telles occasions.

— La conférence est-elle terminée ? demanda-t-elle.

— Pas tout à fait. Il montre des diapos, mais j'ai un autre rendez-vous.

Elle le vit regarder d'un air intrigué le tas de petits paquets sur la table.

— Ce sont des appeaux pour dindons sauvages, expliqua-t-elle. Harry les fabrique lui-même. Je suis sa femme, Jackie.

Il prit la main tendue et la serra avec chaleur.

— Votre mari est un excellent conférencier et il maîtrise parfaitement son sujet. Vous dites qu'il fabrique ces objets ?

— Avec du bois dur. Ce sont de véritables objets d'art et pour lui, c'est aussi une authentique thérapie. Nous avons perdu nos deux fils dans un accident de canotage au cours d'un camp d'été.

« Pourquoi me raconte-t-elle de si tragiques détails intimes ? » se demanda Qwilleran. Naturellement, c'était à cause de son attitude pleine de sympathie qui attirait les confidences, même des étrangers.

— Harry canalise en quelque sorte ses émotions dans certaines choses qui en valent la peine. Il vend ces appeaux à prix coûtant au bénéfice de camps de vacances pour enfants handicapés. Il donne tout l'argent de la vente. Il y a beaucoup de monde ce soir, je crois qu'il les vendra tous.

Jackie racontait son histoire avec tant de sincérité que Qwilleran fut poussé à demander :

— Combien valent-ils ? J'en prends trois.

— Voulez-vous que je vous montre comment ça marche ? Vous n'avez pas besoin d'être chasseur pour appeler les dindons. Il vous suffit d'aller dans les bois et d'entamer une conversation avec les oiseaux, simplement en grattant de différentes façons le percuteur sur le bloc de bois dur.

Elle fit une démonstration et en donna un à Qwilleran pour qu'il l'essaye. C'était simple, et même primitif. Le bruit produit ressemblait à des ron-ronnements, à des jacassements, à des gloussements et à des glapissements.

Il emporta ses appeaux pour dindons à la maison et les enferma dans un tiroir du bureau, en essayant de ne plus y penser. Il avait d'autres choses à faire. La répétition générale devait avoir lieu mercredi soir ; les Écossais se réuniraient, en tartan, le jeudi soir ; et il devait encore rechercher des informations pour sa chronique sur Agatha Burns. Quant à Koko, il savait pertinemment qu'il y avait quelque chose d'intéressant dans ce tiroir fermé et il ne cessait de tourner autour du bureau.

Qwilleran regretta de n'avoir pas pu enregistrer la conférence d'Harry : la façon dont il avait décrit le plumage iridescent de l'espèce, le déploiement de la queue avec ses rayures blanches, la tête rougeâtre du mâle et celle plus bleuâtre de la femelle, ainsi que leur remarquable champ de vision et leur acuité auditive. Les dindons sauvages qui avaient rendu visite à la grange avaient apparemment été attirés du fond des bois où ils résidaient par les gloussements de Koko. Et comme on disait qu'il n'y avait pas de dindons sauvages dans le comté de Moose, ils venaient forcément d'un comté voisin !

Alors Qwilleran se demanda : « Pourquoi suis-je en train de perdre mon temps sur la situation des dindons sauvages ? J'ai un spectacle à répéter et une chronique à écrire ! »

Le mercredi soir à sept heures, Qwilleran se rendit à l'*Hôtel Booze* avec son manuscrit, son costume, les accessoires, plus un magnéto professionnel et ses deux haut-parleurs satellites, tout cela pour la répétition générale.

Maxine avait l'air de sortir d'un autre siècle avec sa robe à col haut et une perruque brune bouffante qui dissimulait ses cheveux courts.

— C'est le look Gibson Girl[1], expliqua-t-elle, très à la mode avant la Grande Guerre. Mon coiffeur m'a procuré la perruque, elle vient juste d'arriver.

Qwilleran ne put s'empêcher de comparer l'enthousiasme de Maxine et son attention aux détails avec la froide efficacité de Lish et son seul intérêt de savoir « combien c'était payé ».

Dans la salle de réunion, des rangées de chaises avaient été installées et l'estrade était équipée de deux tables, de deux chaises et d'un vieux porte-manteau en bois sur lequel le présentateur suspendrait sa veste et son chapeau après en avoir secoué la fausse neige.

— Puis-je regarder ? demanda Gary Pratt.

Qwilleran se tint dans le couloir, derrière la porte entrouverte, et attendit son tour. Les lumières de la salle diminuèrent, celles du plateau s'allumèrent et Maxine apparut sur le devant de la scène pour souhaiter la bienvenue. Puis elle s'installa devant la console et l'indicatif musical de la station WPKX s'éleva pendant une minute ou deux, interrompu par la voix enregistrée du speaker lisant les annonces publicitaires concernant les ananas à quinze *cents* pièce et les voitures automobiles avec les phares et le pare-brise en prime.

---

1. Type de femme créé vers 1900 par le dessinateur américain Charles Dana Gibson (1867-1944). *(N.d.T.)*

Puis, tandis que la musique reprenait, Qwilleran fit irruption sur la scène, retira sa veste couverte de neige et consulta sa montre avec anxiété. Maxine attendit son signal, la musique baissa progressivement, et pendant la demi-heure suivante le présentateur du journal s'adressa directement au public pardessus son faux micro et interrogea des témoins oculaires grâce à son faux téléphone.

À la fin de la répétition, Gary se précipita sur la scène en criant : « Bravo ! » Il administra de grandes tapes dans le dos au journaliste et serra dans ses bras l'ingénieur du son.

— Dès que vous aurez rangé votre équipement, venez me rejoindre dans mon bureau, Qwill, j'ai d'importantes nouvelles pour vous.

— Bonnes ou mauvaises ?

— Les deux !

CHAPITRE XII

Lorsque Qwilleran se présenta au bureau de l'hôtel après la répétition générale, Gary lui dit :

— Vous devez avoir la gorge sèche après avoir parlé aussi longtemps. Que désirez-vous boire ?

— De l'eau de Squunk, s'il vous plaît. Quelle est la mauvaise nouvelle ?

— Lish et Lush sont en route. Ils reviennent du Wisconsin.

— A-t-elle reçu la lettre du notaire ?

— Apparemment, car elle voulait réserver deux chambres ici. Je lui ai répondu que tout était retenu pour le week-end. Elle a demandé s'ils pouvaient se garer dans le parking et dormir dans la voiture. J'ai dit que notre licence ne couvrait pas les campeurs. Alors elle a voulu avoir votre numéro de téléphone, Qwill. J'ai réfléchi à toute allure. Je lui ai raconté que votre numéro venait d'être changé et que vous étiez sur liste rouge.

— Vous réfléchissez vite quand vous le voulez, Gary.

— Eh bien, j'ai pensé que vous ne désireriez pas recevoir chez vous cette fille et son drôle de petit copain. Quoi qu'il en soit, je lui ai conseillé de vous

140

adresser un message au journal et j'ai ajouté que Brrr a de nombreux campings où l'on peut dormir dans sa voiture et utiliser les sanitaires, mais ce que je crains, c'est qu'elle ne se mette à faire du grabuge à propos de la perte de *Mount Vernon*. C'est une petite rusée, demandez à qui vous voudrez. Croyez-vous que je doive en référer aux autorités ?

— Cela ne peut faire aucun mal, dit Qwilleran qui commençait à regretter de l'avoir chargée de rechercher les origines de Koko.

Cette espèce de petit limier à quatre pattes savait depuis le début qu'il y avait quelque chose de louche chez cette fille !

— Au fait, quelle est la bonne nouvelle, Gary ?

— C'est super ! On affiche déjà complet pour *La Grande Tempête* ! Nous allons devoir ajouter d'autres représentations. Bien que l'entrée soit libre, les spectateurs donnent dix ou vingt dollars pour nos bonnes œuvres !

— J'espère qu'ils ne seront pas déçus. Le scénario est moins spectaculaire que celui du *Grand Incendie*.

— C'est vous qu'ils viennent voir et entendre, mon petit vieux ! Et après ce que j'ai vu et entendu ce soir... vous allez faire un tabac ! Nous serons probablement obligés d'ajouter des matinées le dimanche et quelques autres soirées en juillet et en août.

— Euh... je ne sais que dire... murmura-t-il avec modestie.

En réalité, avant de se diriger vers le journalisme, Qwilleran avait voulu monter sur les planches. (Il avait aussi songé à être joueur professionnel de base-ball ou pianiste de jazz, mais c'était une autre histoire.)

— Que pense Maxine de ces représentations supplémentaires ? Je ne veux pas en donner avec des remplaçantes.

— Ma femme s'est prise de passion pour la scène ! Elle parle de partir en tournée !

Qwilleran passa la matinée du lendemain à fignoler sa chronique sur Agatha Burns, conscient qu'elle devrait ressembler à un hommage à une centenaire et non à un éloge funèbre. Il avait l'obligation de rendre sa copie au *Quelque Chose* à temps pour l'édition de vendredi, qui sortirait à dix heures du matin avec en gros titre :

HEUREUX 200e ANNIVERSAIRE !

Il se rendit à pied en ville pour livrer sa chronique et s'arrêta chez la fleuriste afin de commander la décoration florale de la table de mariage. Claudine l'accueillit avec effusion, même si ses grands yeux bleus le regardaient non sans appréhension.

— Avez-vous des lis courts ?

Elle fit une pause en regardant autour d'elle.

— Je n'ai jamais entendu parler de lis courts. Ils poussent toujours sur de très longues tiges. Du moins, en règle générale. Mais je peux faire appel à notre fournisseur de Chicago. Quand en aurez-vous besoin ?

— C'est pour un dîner samedi soir, et on m'a demandé de commander deux arrangements floraux bas mêlant des lis blancs et des lis jaunes, sans aucun feuillage.

— Je suppose qu'il sera toujours possible de couper les tiges très courtes.

— Avez-vous des bols bas ?

Des coupes en imitation de cristal taillé furent sorties et discutées. Était-il nécessaire d'avoir des bols assortis ? Combien de fleurs les coupes pourraient-elles contenir ? Quatre, ce ne serait pas assez, six, trop et cinq poseraient un problème : trois jaunes et deux blancs ou vice versa ? La solution : une coupe avec les lis blancs prédominants, l'autre avec les lis jaunes. Le tout devant être livré à l'*Auberge Boulder* pour la table retenue par Mr. Qwilleran.

Visiblement soulagée, Claudine déclara qu'elle allait téléphoner immédiatement à Chicago.

En début d'après-midi, Qwilleran entra dans l'une des plus élégantes boutiques de la ville. De discrètes lettres dorées dans un coin de la vitrine annonçaient : *Exbridge & Cobb, beaux meubles anciens.*

Qwilleran demanda à Susan Exbridge :

— Avez-vous des chaussures miniatures en porcelaine ?

— Non, mais je sais où en trouver. Allez-vous commencer une collection ? Il existe de très sérieux collectionneurs ici et à Lockmaster.

— Je viens juste de rencontrer Edythe Carroll. Elle m'a invité à prendre le thé et j'aimerais lui offrir une nouvelle pièce pour sa collection.

— Je ne vous le conseille pas, dit Susan. Sa collection est une histoire très personnelle, poursuivie par elle et son mari tout au long de leur vie de couple. Elle m'a confié qu'elle ne voulait pas en avoir d'autres spécimens, maintenant qu'il n'est plus là. Le dernier soulier qu'ils ont trouvé ensemble était en porcelaine de Meissen, alors qu'ils étaient en vacances en Allemagne. Edythe le conserve sur sa table de chevet.

Qwilleran hocha la tête avec sympathie.

— Je comprends parfaitement. Il doit y en avoir plus d'une centaine dans sa vitrine. J'avoue que ces souliers miniatures me semblent des objets étranges à collectionner. Quelle histoire se cache-t-elle derrière cette collection ?

— Venez au bureau boire une tasse de café et je vous dirai ce que je sais.

Chaque centimètre de mur dans le bureau était recouvert d'étagères contenant les livres de références sur les antiquités. Susan remarqua le regard approbateur de Qwilleran.

— Tous ces livres me viennent de notre très chère Iris Cobb. Je lui dois tant !

— Comme nous tous, dit Qwilleran en buvant son café. À propos de ces souliers, pourquoi en a-t-on fabriqué ?

— À l'époque victorienne, ils contenaient des allumettes, des cure-dents, du tabac à priser, du sel. Certains servaient de pelote à épingles. Ils étaient très recherchés au XIXe siècle et des fabriques de porcelaine dans de nombreuses villes européennes en produisaient avec de hauts talons, sous forme de bottes, de pantoufles et de richelieus, avec toutes sortes de décorations : fleurs, oiseaux, chérubins, etc. Les collectionneurs mènent des études sur les dates, les marques des fabricants, le vernis... Les prix peuvent atteindre le millier de dollars.

— Hum ! murmura Qwilleran dans sa moustache.

Vous en savez long sur le sujet, surtout si l'on considère que vous n'en avez pas dans votre boutique !

— J'ai passé de longues heures avec Edythe, expliqua Susan. Après la mort de son mari, elle m'a demandé de l'aider à mettre à jour le catalogue sur les nombreux meubles et objets anciens contenus dans *Mount Vernon*. La plupart provenaient de sa famille. C'est une Goodwinter, vous savez. Et maintenant qu'elle a décidé de faire don de la maison et de son contenu à la communauté, pour un musée, il est capital d'avoir des descriptions précises des meubles et de leur valeur. Quand elle est allée s'installer à Ittibittiwassee, je l'ai aidée à sélectionner ce qu'elle souhaitait garder. Le plus important était cette vitrine contenant les souliers... Pourquoi est-ce que je vous raconte tout cela ?

— Parce que vous savez que je suis intéressé et concerné.

— Et parce que vous n'êtes pas un bavard, chéri ! dit-elle en retournant à son style affecté. Êtes-vous sûr de ne rien vouloir acheter ?

— Combien voulez-vous pour ce meuble à contour brisé de trois mètres ?

— C'est au-dessus de vos moyens ! dit-elle en le chassant de son magasin.

Pour la Nuit écossaise, Qwilleran revêtit son kilt dans le tartan Mackintosh — rouge avec une fine rayure verte. Polly portait une écharpe en tartan enroulée autour de son épaule et épinglée du côté opposé avec une pierre en cairngorm ; les Duncan partageaient leur tartan coloré avec celui du clan Robertson.

— Qwill, vous êtes vraiment magnifique ! s'écria-t-elle.

— C'est l'allure avantageuse qui va avec un kilt. La façon de porter le bonnet écossais gaillardement posé au-dessus de l'œil droit, la force que donne un couteau glissé dans la chaussette, sans parler de la fierté d'être un Mackintosh !

— J'ai remarqué que les personnes qui ne sont pas habilitées à porter le costume écossais paraissaient... très ordinaires, par comparaison, observa Polly avec une note de pitié dans la voix.

Ces personnes ordinaires restèrent chez elles ce jeudi soir et regardèrent la fête à la télévision. Les équipes TV avaient été en ville toute la journée.

Tôt dans la soirée, les rues autour de l'*Hôtel Booze* furent envahies de prudents Écossais qui avaient garé leur voiture à l'entrée de la ville et qui se dirigeaient vers le centre des activités. Ils offraient un kaléidoscope de couleurs avec les différents tartans de leur clan respectif : rouge, vert, bleu, jaune ou une combinaison. Tous arboraient la calme fierté mentionnée par Qwilleran. Polly et lui s'arrêtèrent pour échanger quelques mots avec les MacGillivray, puis avec les Campbell, les Ogilvie, les MacLeod et d'autres Campbell.

Un silence s'établit parmi la foule quand l'horloge dans la tour de l'hôtel de ville eut égrené les sept coups. Tous les yeux se tournèrent vers l'hôtel, d'où sortit le chef de la police Andrew Brodie avec le haut bonnet à plume d'un joueur de cornemuse, se pavanant avec son plaid sur son épaule et une brassée de tuyaux de cornemuse. Il jouait *Scotland the Brave*. Derrière lui avançait le maire Ramsey poussant un fauteuil d'invalide. L'occupante en était

Miss Agatha Burns, fragile, calme, souriante. Combien de cœurs furent émus en la voyant ? Même ceux qui n'avaient pas eu le privilège de fréquenter sa classe connaissaient sa mystique.

En arrivant à une estrade basse, près du kiosque à musique et du gâteau d'anniversaire, le maire accepta un microphone et déclara que la ville historique de Brrr avait atteint ses deux cents années d'existence. Miss Agatha pressa un bouton et les deux cents bougies électriques du gâteau en bois brillèrent dans le crépuscule approchant.

Après cela il y eut des rafraîchissements à l'hôtel... une dégustation de marmelade d'oranges... quelques distractions dans le parc... des conversations entre Écossais...

Lisa et Lyle Compton se trouvaient là (elle était une Campbell, lui un Ross). Polly déclara qu'ils étaient splendides avec leurs tartans. Lyle applaudit « La Plume de Qwill » sur Miss Agatha Burns. Qwilleran demanda :

— Lyle, avez-vous l'intention d'assister tous les deux à l'inauguration du musée-mémorial Carroll dimanche après-midi ?

Il répondit qu'ils ne manqueraient cela pour rien au monde ! Lisa expliqua qu'Edythe remettrait les clefs de *Mount Vernon* et que quelqu'un lui offrirait une gerbe de roses. Puis ils discutèrent de « La Folie de la marmelade » et des mérites de chaque recette. Polly annonça que la librairie allait avoir une mascotte appelée Dundee !

Lorsque Qwilleran reconduisit Polly en voiture

au Village Indien, il déclina son invitation de monter écouter un peu de musique.

Polly dit avec un soupir :

— Je devrais vraiment continuer à étudier la façon de bien diriger une librairie. J'apprends des faits si étonnants ! Vous rendez-vous compte que pour un chiffre d'affaires de cinquante mille dollars, une librairie a besoin de 1,8 personne ?

— Où trouverez-vous huit dixièmes d'une personne ? demanda Qwilleran. Il m'arrive parfois de me sentir ainsi, mais jamais je ne l'avouerais devant un employeur potentiel.

Polly, qui était devenue experte dans l'art d'ignorer ses saillies, poursuivit :

— Que penseriez-vous d'installer la caisse et le comptoir de service à gauche de l'entrée ? On dit que les clients d'une librairie se dirigent normalement vers la droite puis vont de l'autre côté.

— Dundee aura-t-il un endroit personnel, ou bien pourra-t-il circuler à sa guise dans le magasin ?

— Ce sujet n'a pas été abordé dans mon manuel, dit Polly. À la bibliothèque municipale, Mac et Katie ont simplement adopté le bureau pour en faire leur quartier général.

Après avoir raccompagné Polly, Qwilleran retourna à Pickax plus rapidement que d'habitude, comme si une force étrange le poussait à regagner la grange. Il avait déjà ressenti cela quand les chats avaient besoin de lui.

La réponse l'attendait dans la cour de la grange : un break avec une plaque minéralogique du Wisconsin. Il n'y avait pas de chats aux fenêtres. Ils s'étaient cachés. Les intrus étaient probablement dans le belvédère.

Qwilleran saisit une puissante torche électrique dans sa voiture et fit silencieusement le tour de la grange avant de l'allumer.

Choqués et éblouis par la lumière, Lish et Lush sautèrent sur leurs pieds.

— Ne vous êtes-vous pas trompés d'adresse? tonna Qwilleran.

Il y avait de la bière sur la table et des restes de plats à emporter.

— Je suis navrée, Mr. Qwilleran, je n'ai pu trouver votre numéro de téléphone. Voici Clarence, mon chauffeur. Je ne peux pas conduire. Un problème cardiaque, comme vous savez.

Clarence esquissa un salut de la tête et Qwilleran répondit de la même manière.

Lish poursuivit avec un toupet caractéristique.

— Auriez-vous une chambre d'ami que nous pourrions utiliser? Tous les hôtels affichent complet.

— Je ne dispose que d'une seule chambre d'ami, répondit Qwilleran, et elle est occupée par un ami de Californie... un inspecteur de police qui est ici pour s'occuper d'une affaire.

Il surprit un regard involontaire échangé entre les deux jeunes gens et poursuivit :

— Cependant il existe de nombreux campings dans les environs où vous pouvez dormir dans votre voiture et utiliser leurs installations. Le meilleur est « Les Grands Chênes ». Je vais vous indiquer comment y aller. Avez-vous un rapport sur le sujet dont nous avons discuté ?

— Non, mais j'ai des notes et je peux vous raconter toute l'histoire.

— Dans ce cas, excusez-moi une minute : je dois aller donner à manger aux chats.

Ceux-ci avaient déjà pris leur repas, mais c'était l'occasion d'aller chercher son magnéto de poche et un chéquier.

De retour au belvédère, il reprit :

— Très bien, asseyez-vous, je vous écoute.

— Il m'a fallu plus de temps que je ne m'y attendais, mais j'étais sur quelque chose d'important, aussi j'ai persévéré.

» D'abord, j'ai vérifié l'annuaire du téléphone, comme vous me l'aviez suggéré, et il n'y avait ni Mountclemens ni Bonifield. Alors j'ai pensé aller au tribunal. Il y avait des dossiers dans différents services qui pouvaient mettre sur la voie et j'y ai passé deux jours. Puis j'ai eu une importante affaire personnelle à régler, alors j'ai fait appel à l'une des secrétaires. Elle s'est montrée très coopérative et prête à m'aider. Je lui ai demandé de compter le temps qu'elle passerait à ces recherches et qu'elle serait rémunérée en conséquence.

» Eh bien, cela a payé, si j'ose dire. Quand je suis revenue elle était très excitée, disant qu'elle avait l'impression d'être un détective. Il n'y avait pas de Mountclemens, mais il existait un Monty Clemens, fils d'un George Clemens, et dont la mère avait été une Bonnie Field avant son mariage. Monty était un artiste devenu critique d'art dans une autre ville. Il pouvait avoir changé son nom en George Bonifield Mountclemens, qui sonnerait mieux que Monty Clemens.

» George était mort, mais Bonnie vivait dans une

maison de retraite des environs et je l'ai retrouvée. Quand elle m'a dit qu'elle avait été éleveuse de chats, j'ai pensé que j'avais tapé dans le mille. Elle élevait des persans.

» Or George était allé en Asie du Sud-Est pendant la guerre du Vietnam, et quand elle fut terminée il trouva un emploi dans une affaire commerçant avec Bangkok. Il allait et venait plusieurs fois par an et parla à sa femme des chats magnifiques qu'il y avait là-bas. Bien plus, on tenait des rapports sur leur pedigree, certains remontant aux temps où la Thaïlande s'appelait le Siam, et ces chats étaient élevés pour en faire des surveillants à la cour royale. Ils étaient réputés pour leur intelligence, certains possédant des dons positivement surnaturels ! Ces super chats n'étaient habituellement pas vendus à des étrangers, mais George connaissait des gens bien placés à qui il avait rendu service et ils acceptèrent de lui vendre un mâle à pedigree.

» Quand il téléphona à Bonnie, elle fut enchantée et lui dit qu'il devrait se procurer une femelle. C'était des chats de grande valeur, lui dit-elle. Le problème était de les faire entrer aux États-Unis sans qu'ils soient soumis à la quarantaine. George tira quelques sonnettes et le couple de chats traversa le Pacifique dans un jet de l'armée de l'air, en hurlant sans doute tout le long du voyage, précisa Bonnie en riant.

» Ainsi, votre chat descend de ce couple originel. Bonnie délaissa les persans pour les siamois. Elle réussit très bien. Tous ses clients déclarèrent que leurs chats étaient doués de perception extrasensorielle.

— Très intéressant, Lish, dit Qwilleran. Combien vous dois-je?

— Eh bien, ce fut une expérience très amusante et j'aurais aimé faire ces recherches pour le plaisir, Mr. Qwilleran, mais j'ai eu beaucoup de frais : le prix du voyage et la rémunération de l'employée du tribunal et de Bonnie Field. J'ai pensé que vous aimeriez me voir généreuse. La secrétaire y a passé pas mal d'heures et Bonnie Field avait vraiment besoin d'argent. Elle dit qu'il n'existe pas de retraite pour les éleveurs de chats. Pour ma part, j'y ai consacré un total de dix-neuf heures, y compris le voyage, aussi je pense que mille dollars seraient convenables, moins les cinquante que vous m'avez donnés d'avance.

— Je vais vous signer un chèque aussitôt.

— Ne pourriez-vous me remettre de l'argent liquide? Il est difficile d'encaisser un chèque quand on est sans cesse sur la route, vous comprenez.

— Bon... que penseriez-vous d'un chèque payable au porteur? Je peux demander à Gary Pratt de vous remettre de l'argent liquide. Les hôteliers gardent toujours des espèces dans leur coffre.

Qwilleran ferma subrepticement son magnétophone, remercia Lish pour son travail consciencieux et, après avoir rempli le chèque, il se leva pour mettre un terme explicite à l'entretien.

Lish heurta du pied la cheville de son chauffeur qui s'était assoupi, et dit qu'elle serait heureuse d'entreprendre toutes autres recherches à l'avenir.

— Où puis-je vous joindre à Milwaukee? demanda-t-il.

— Eh bien, je suis en train de déménager et je ne

sais pas encore exactement où je vais m'installer. Je vous préviendrai dès que j'aurai un domicile fixe.

— Entendu, dit-il, et maintenant je vais vous expliquer comment aller au camping des Grands Chênes.

Il surveilla leurs feux de position qui disparurent dans les bois avant de rentrer dans la grange pour prendre une tasse de café et réfléchir à toute cette farce entièrement fabriquée.

CHAPITRE XIII

Après le soulagement du départ de Lish et Lush, Qwilleran observa le rituel du coucher des chats, puis s'installa donc devant une tasse de café pour considérer que :

- Il aurait pu inventer lui-même un meilleur récit, fondé sur une histoire documentée ;
- Lish n'arrêtait pas de s'humecter les lèvres en relatant ses prétendues « découvertes » ;
- Elle avait pris soin de ne pas donner son adresse ;
- Elle et Lush avaient échangé un regard alarmé quand il avait mentionné la présence chez lui d'un inspecteur de police ;
- Enfin, et peut-être surtout, il y avait la façon dont réagissait Koko, montrant les crocs et grognant chaque fois qu'il était fait référence à Alicia Carroll.

Quant à l'arnaque de mille dollars, elle pouvait légitimement passer au compte des profits et pertes pour le livre que Qwilleran espérait écrire : *Les Vies secrètes de Koko et Yom Yom*.

Le 4 Juillet, fête nationale des États-Unis, fut un jour comme les autres dans le calendrier du siamois très gâté qui se présenta au petit déjeuner. Pour Qwilleran, cela signifiait... la soirée d'ouverture de *La Grande Tempête*.

Tout d'abord, il téléphona à Gary Pratt et l'autorisa à honorer le chèque.

— Oh, là là! Est-ce ce qu'elle vous a demandé? s'enquit l'hôtelier avec surprise. Cela en valait-il la peine? Avez-vous appris quelque chose?

— J'ai appris certaines choses, fut la réponse ambiguë. Pour le moment je me concentre sur la soirée d'ouverture. Comment va Maxine?

— Elle est toujours au top niveau. Y a-t-il quoi que ce soit que nous puissions faire pour vous?

— Eh bien, je n'aime pas faire un vrai repas avant une représentation, mais j'aimerais prendre un petit déjeuner consistant. Aussi, quoi de mieux que le *Café de l'Ours Noir*? Je veux faire un tour en ville pour écouter les réflexions des touristes... et assister au début de la parade des bateaux... et aussi regarder les gosses faire des vœux et souffler les bougies électriques... et enfin je rentrerai faire un somme avant le lever de rideau.

La modeste ville de Brrr était de nouveau en pleine effervescence. Fini les tartans écossais! À leur place il y avait des posters et des T-shirts portant le logo « Brrr 200 », en rouge, blanc et bleu. Des charrettes à bras offraient des T-shirts en cinq tailles différentes et les touristes retiraient leur propre chemise pour leur substituer le maillot portant le badge du bicentenaire.

Dans le parc, en face de l'hôtel de ville, les distractions étaient continuelles ; jeunes et adultes ensemble faisaient la queue pour formuler un souhait en soufflant sur les bougies électriques.

Le long du rivage régnait une folle anticipation de la parade navale, tandis que les deux cents bateaux de plaisance attendaient le signal de départ dans les huit ports. À midi les premières flottilles quitteraient Fishport à l'ouest et Deep Harbor à l'est. Des spectateurs avec appareils photographiques et jumelles se massèrent dans tous les endroits stratégiques, ce qui incluait les toits des maisons le long du rivage.

À midi, quand le carillon de l'hôtel de ville sonna les douze coups, le silence tomba sur le centre de Brrr jusqu'à ce qu'une voix sortant des haut-parleurs annonce que la première flottille venait juste de quitter Fishport, alors un cri général s'éleva. Quinze minutes plus tard, on apprit que la flotte de Mooseville s'était jointe à la parade et que le contingent de Brrr serait prêt à partir dans huit minutes.

Tous les yeux se tournèrent alors vers l'horizon à l'ouest. Lorsque la première embarcation apparut, les spectateurs crièrent et sautèrent de joie. En quelques minutes les bateaux décorés de drapeaux américains passèrent devant le port de Brrr, les yachts de croisière arborant des drapeaux d'un mètre de haut.

Ce fut un moment rempli d'émotion pour les spectateurs. Des larmes de joie furent versées. Il régnait maintenant un calme impressionnant.

La deuxième flotte suivit, celle de Mooseville, puis le contingent de Brrr s'ébranla.

Qwilleran secoua la tête en pensant à *La Grande*

Tempête de 1913. La parade des bateaux serait un spectacle difficile à égaler.

Qwilleran arriva à l'*Hôtel Booze* une heure avant le lever de rideau.

— Puis-je faire quelque chose pour vous ? demanda Gary. Désirez-vous boire ou manger ?

— Tout ce dont j'ai besoin, c'est un endroit calme pour entrer dans mon personnage.

Ensemble ils allèrent inspecter le corridor du fond par lequel le présentateur du journal ferait son « entrée ». Il avait à sa disposition deux salles de repos, un placard à balais et une pièce de rangement pour le mobilier de l'hôtel. C'était une accumulation de chaises et de tables, avec un peu de place pour se faufiler. Qwill y pénétra.

Soudain Maxine surgit et lui demanda d'écouter son discours d'ouverture.

Il y prêta beaucoup d'attention et suggéra une pause significative de deux secondes au milieu de sa dernière phrase.

— Vous captiverez ainsi l'attention des spectateurs, éveillerez leur curiosité tout en gagnant leur coopération. Essayez.

Ce qu'elle fit aussitôt :

— Nous allons vous demander d'imaginer... que les postes de radio existaient vraiment en 1913... tandis que nous vous diffuserons un bulletin sur la grande tempête de cette année-là.

Comme le moment du lever de rideau approchait, Qwilleran entrouvrit la porte de la scène, juste assez pour écouter le bourdonnement des conversations, le brusque silence quand les lumières baissèrent et le murmure qui salua l'entrée de la Gibson Girl, en robe à taille haute et perruque, le bruissement des programmes lorsqu'elle commença à parler, et le silence complet quand elle annonça :

— Nous allons vous demander d'imaginer...

Tandis qu'elle s'installait à sa table de contrôle, une explosion de musique jaillit des deux haut-parleurs, suivie de quelques annonces publicitaires qui provoquèrent des rires étouffés dans l'auditoire. La musique reprit tandis que Qwilleran faisait son entrée, secouant la fausse neige de ses vêtements. Puis le présentateur commença à parler de sa convaincante voix de scène.

> Les dernières nouvelles sont un peu en retard ce soir, mes amis. La faute au mauvais temps : de la neige, encore de la neige, toujours plus de neige ! D'abord jetons un coup d'œil sur les gros titres...
>
> *(Lisant.)* Dimanche 9 novembre. Un vent violent a soufflé en rafales, avec d'abondantes chutes de neige, sur le comté de Moose et le lac, sans la moindre accalmie en vue. Ailleurs, dans le pays...
>
> À Washington, le président Woodrow Wilson prédit une guerre avec le Mexique.
>
> À New York, les visiteurs d'une exposition de peinture ont été tellement choqués par les tableaux qu'ils ont provoqué une émeute dans la rue ; deux policiers ont été blessés.
>
> Pendant ce temps, chez nous, un blizzard a paralysé le comté de Moose. La visibilité est nulle, d'abondantes chutes de neige sont cinglées par des vents soufflant à quatre-vingts kilomètres/heure. L'amoncellement de neige rend les routes impraticables. Au

centre-ville de Pickax, on ne voit ni véhicule ni passant. Les traîneaux eux-mêmes ne peuvent plus circuler. Les chevaux n'arrivent pas à lutter contre le vent.

La tempête a pris toute la région par surprise. Après la récente turbulence sur le lac, les conditions climatiques sont hier redevenues normales et la pêche a pu reprendre. On a pu voir un trafic habituel de cargos et de paquebots faisant route vers le nord pour la dernière sortie de la saison. Bien que le Service météorologique ait prédit d'autres perturbations atmosphériques, le soleil a brillé et la température a été anormalement élevée pour un mois de novembre. Aujourd'hui, aux petites heures du jour, il n'y avait encore rien qui pût décourager les chasseurs de canards de sortir dans la baie. Et comme on est dimanche, les marins de la flotte commerciale ne travaillaient pas et une paix calme s'installait sur le rivage. C'était le calme avant la tempête.

Peu après le lever du jour, le vent a commencé à souffler et le ciel a pris une couleur cuivrée — un phénomène très rare, selon ceux qui se lèvent tôt. Vers dix heures du matin, des vents de quatre-vingts kilomètres/heure ont été enregistrés. Des gens revenant de l'église à pied ou même en bogheis ont rencontré de grandes difficultés pour circuler. Un petit garçon a été arraché de la main de sa mère par une soudaine rafale et a été emporté dans la Grand-Rue comme un fétu de paille.

La neige a commencé à tomber dans l'après-midi. Elle n'a cessé de s'accumuler. On annonçait d'abord vingt centimètres. Maintenant trente ou même quarante-cinq centimètres ne sont pas rares. Des congères se sont formées sur les routes de campagne et dans les rues de la ville, atteignant plus d'un mètre quatre-vingts de hauteur en certains endroits et ce n'est peut-être qu'un début, d'après les experts.

Voici un bulletin qui nous arrive de Fishport : Deux chasseurs de canards du Pays d'En-Bas se sont éloignés de la côte tôt ce matin — à trois kilomètres au sud de la ville. On ne les a plus revus depuis. Leur bateau a été retrouvé vide, la quille en l'air, sur le rivage.

Selon un bulletin de Deep Harbor, un paquebot du Pays d'En-Bas a été incapable d'entrer dans le port en raison d'un dommage survenu au gouvernail. On a vu le bateau repartir vers le large.

Aucun bulletin ne nous est parvenu du poste de secours, mais nous espérons pouvoir les joindre pour un reportage de première main sur la situation à Purple Point.

(Saisissant le téléphone.) Standardiste, ici WPKX, qui appelle le poste de secours du port de Brrr... Oui, nous sommes au courant. Mais faites l'impossible pour rétablir le contact... Merci... Le poste du port de Brrr ? Est-il possible de parler au capitaine ? WPKX appelle... Capitaine, ici la rédaction de la radio de Pickax. Quelle est la situation chez vous ?

LE CAPITAINE (MAGNÉTO) : Mauvaise ! Très mauvaise ! La pire que j'aie jamais vue. Il y a un bâtiment échoué sur le récif. Il est battu par les vagues. Nous n'avons pu l'atteindre, malgré deux essais. Nos deux bateaux de sauvetage ont fait naufrage. Nous avons eu la chance de sauver leurs équipages. Nous avons essayé avec notre petit bateau. Nous l'avons mis sur un traîneau, que les chevaux ont descendu sur la plage, le plus près possible du bateau naufragé, sans succès. Le bateau a été entraîné par le courant vers Seagull Island où il a commencé à prendre l'eau. Nous avons dû faire demi-tour. Nous avons une barcasse, mais elle est enterrée dans le sable gelé.

LE PRÉSENTATEUR : Capitaine, quel est le nom du bâtiment échoué ?

LE CAPITAINE (MAGNÉTO) : Je ne sais pas. Ce doit être un cargo. Ils ont lancé un signal de détresse, mais il est difficile de les entendre. Le vent est strident. Les vagues rugissent et tonnent comme un canon. On ne voit rien. On ne distingue rien à cinquante centimètres devant soi. La neige tombe sur nous comme une chape.

LE PRÉSENTATEUR : Monsieur, y a-t-il une chance de sauver l'équipage du cargo ? Selon votre estimation, ils sont combien à bord ?

LE CAPITAINE (MAGNÉTO) : Probablement vingt-cinq, ou plus. Si le bâtiment se brise au petit matin, tous pourraient périr. Dans cette eau glacée, un homme ne peut pas survivre plus de vingt minutes. Nous pensons voir encore quelques signes de vie *maintenant*, mais la cabine a été arrachée et le bâtiment doit être submergé. Tout le bateau sera un bloc de glace au matin.

LE PRÉSENTATEUR : Hier il faisait beau, capitaine. D'où vient cette tempête ?

LE CAPITAINE (MAGNÉTO) : Je ne peux le dire. Ça semble provenir de deux directions. Nous n'avons jamais rien vu de semblable. Les vents soufflent à soixante-deux nœuds — plus de cent dix kilomètres/heure. C'est la force d'un ouragan ! La température est au-dessous de zéro. Tout le rivage est couvert de glace. Nos quais et nos abris de bateaux commencent à s'écrouler. Mes hommes le prennent très mal. Ils veulent aller au secours de ces pauvres diables, mais il n'y a rien que nous puissions faire. Nous sommes impuissants.

LE PRÉSENTATEUR : Merci, capitaine. Il faut garder l'espoir. Prions pour ça aille mieux.

Voici d'autres bulletins venant de villes autour du lac.

De Mooseville : Six chasseurs de canards ont loué une vedette tôt ce matin et se sont dirigés vers Lone Tree Island. Le propriétaire de la vedette est persuadé qu'elle ne pourra résister à cette mer lourde. Le vent du nord persistant a élevé le niveau de l'eau dans la baie, et si les chasseurs se sont échoués sur Lone Tree Island, il leur reste peu d'espoir. L'île peut être submergée à tout moment.

De Port George : Les appontements et les abris à bateaux des pêcheries industrielles ont été démolis par des vagues gigantesques. Même des maisons éloignées de la rive ont leurs portes, leurs fenêtres et leurs cheminées arrachées. Une partie de la plage est parsemée d'une multitude de bois d'œuvre fraîchement coupé. Des trains de grumes qui étaient flottés vers la scierie se sont détachés et ont été projetés sur le rivage comme des allumettes.

Voici des nouvelles de Purple Point : La jetée de la commune a été détruite, ainsi que la marchandise qui attendait d'être chargée : un millier de barils de pommes et vingt-cinq tonnes de bottes de foin.

Nouvelles alarmantes de Trawnto Beach : Le bateau-phare qui avertit les navires de s'écarter des écueils a été arraché de son ancrage, augmentant le danger pour les cargos qui ont perdu leur route dans la tempête de neige qui les aveugle. De gros navires d'acier sont ballottés par des vents soufflant à cent trente kilomètres/heure. Des bateaux qui essaient de faire demi-tour sont retournés au creux de vagues de dix mètres. Le poste de secours a été entièrement détruit.

(Consultant sa montre.) Notre correspondant à Deep Harbor est en attente. *(Il saisit le téléphone.)* Standardiste, ici WPKX. Pouvez-vous nous mettre en communication avec l'unité mobile de Deep Harbor ?

MAGNÉTO. FORT BRUIT DE VENT ET DE VAGUES, PUIS VOIX OFF : Ici à Deep Harbor, le bruit est assourdissant : le hurlement du vent, le fracas des hautes vagues, le craquement et le grondement des structures en bois qui se disloquent. Une vague vient de frapper le brise-

163

lames en béton, cela ressemble à une explosion. Le vieux brise-lames en bois a volé en éclats. Le bruit couvre les signaux de détresse des gros bateaux. Ils lancent des appels au secours désespérés, mais nos propres bateaux de secours se sont fracassés sur les rochers.

Le lac déborde et pénètre à l'intérieur des terres, plus profondément qu'on ne l'a jamais vu. Les pêcheries ont perdu leurs bâtiments, leurs bateaux, leurs môles et leurs filets. Les maisons près du rivage sont soulevées de leurs fondations. Personne ne pourra dormir à l'abri cette nuit. Terminé. Retour à Pickax.

LE PRÉSENTATEUR : Deep Harbor, tenez bon. Alors que les habitants des villages du littoral doivent être prêts à évacuer leurs maisons à la première alerte, les familles vivant à l'intérieur des terres sont priées de rester chez elles. Un fermier cherchant à ouvrir la porte de sa grange a été enterré vivant sous une avalanche, quand le vent s'est engouffré à l'intérieur, remplissant la grange de neige en quelques secondes.

Le comté tout entier est maintenant isolé. Les lignes télégraphiques sont à terre. Les chemins de fer sont immobilisés. Des trains de voyageurs venant du Pays d'En-Bas ont été arrêtés par des congères, les passagers sont bloqués. La destruction des bateaux et des docks signifie que la principale voie de communication du comté de Moose a été coupée. Le ravitaillement, le charbon, l'essence ne parviendront pas ici avant plusieurs jours.

À Pickax, tous les magasins sont fermés et le resteront jusqu'à plus ample information. Même les services d'urgence se sont trouvés dans l'impossibilité de répondre aux appels. Pompiers, médecins, policiers sont aveuglés et complètement désorientés par ces tourbillons de neige.

Quand la tempête sera finie, on aura immédiatement besoin de bénévoles pour aider les équipes à dégager les routes et les rues de la ville.

En attendant, les autorités municipales lancent un avertissement : Restez chez vous, économisez la nourriture et l'essence. Je répète : Restez chez vous, économisez la nourriture et l'essence. Et restez sur WPKX pour recevoir d'autres directives.

Ici WPKX, fin de l'émission du dimanche 9 novembre.

Qwilleran sortit tandis que les lumières de scène baissaient et que la musique de *Francesca da Rimini* emplissait la salle. Un moment plus tard il revint, portant un autre costume et tenant un nouveau manuscrit. C'est d'un air sombre qu'il fit signe à Maxine. La musique diminua et la lumière éclaira la scène.

Mercredi 12 novembre. La pire tempête de l'histoire du lac n'est plus maintenant qu'un souvenir tragique tandis que le comté de Moose s'efforce d'estimer les dommages et de repartir de zéro. Les fermiers annoncent que le cheptel a gelé dans les champs. Les pêcheries industrielles ont perdu leurs outils

de travail. La pêche étant la principale indus-
trie sur la rive nord, l'impact économique
dans le comté de Moose pourrait être
sérieux. Tout le rivage est jonché d'épaves :
appontements, immeubles commerciaux,
bateaux de pêche, maisons, bateaux de plaisance, cottages d'été et postes de secours
municipaux. Le pire de tout est la perte de
vies humaines. Près de deux cents marins se
sont noyés et des corps sont encore rejetés
sur la côte canadienne. Dans les zones
rurales, beaucoup de personnes sont portées
disparues. On pense maintenant qu'elles se
sont perdues dans le blizzard et sont mortes
de froid.

Un poste de secours a pu sauver l'équipage du
vapeur de cent cinquante mètres *Hanna*,
échoué sur le récif. Ils ont été recueillis après
trente-six heures d'efforts désespérés. Vingt-
cinq officiers et marins — et une femme cui-
sinière qui a été félicitée pour sa bravoure —
ont été ramenés sains et saufs à terre par la
barcasse. L'épave restera sur le récif
jusqu'au printemps, quand les opérations de
renflouement commenceront.

De nombreux équipages ont eu moins de
chance. Des bateaux ont chaviré, ont été coupés en deux ou ont été « écrasés comme des
coquilles d'œufs » selon un observateur. Ce
qui ressemblait à une énorme baleine, déri-
vant sur le lac, était la coque d'un gros cargo,
à l'envers, et maintenue à flot par des poches
d'air. Elle a fini par sombrer.

Parmi les heureux survivants se trouvaient six

chasseurs de canards qui étaient sortis avant la tempête et qui avaient trouvé refuge pour la nuit sur Lone Tree Island. Ils ont été secourus lundi, souffrant du froid et d'un début de pneumonie. L'un d'eux est assez rétabli pour donner à nos auditeurs un récit de première main de sa terrifiante aventure.

(Décrochant le téléphone.) Standardiste, prêt pour l'appel de Mooseville. Allô ? Oui, ici la rédaction de WPKX. Monsieur, voulez-vous nous dire comment vous vous êtes retrouvé sur cette île pendant la tempête ?

LE CHASSEUR (MAGNÉTO) : Eh ben, moi et cinq aut'es copains nous avons loué un bateau dimanche matin et nous sommes partis vers c'te île pour chasser des oiseaux. Nous avons abordé juste au moment où le vent s'est levé. Personne n'y a prêté beaucoup d'attention. Mais c'est alors que j'ai entendu ce sifflement qui fout les jetons et annonce des ennuis. Nous étions à trois kilomètres d' la terre ferme et je voulais m'en r'tourner tout d' suite, mais les aut'es, ils préféraient tirer quéques coups d' fusil avant de repartir. Le vent est d'venu vraiment mauvais, même les canards y paraissaient voler d' traviole.

On pouvait voir not'e bateau ballotté par les vagues et pis tout à coup il s'est en quelque sorte libéré pour s'enfuir dans les eaux. À ce moment-là y commençait à faire terriblement froid. Nous étions là, seuls sur c'te île où il y avait qu'une misérable cahute et quelques arbres rabougris. Nous étions chaudement vêtus, mais nous sommes allés dans c'te cabane où on a fait du feu dans le p'tit poêle qu'y a là. Presque aussitôt il a commencé à neiger. J'ai jamais vu un tel blizzard! Autour d' nous, tout était blanc, pis le lac a commencé à monter. Y s'approchait de plus en plus près de not'e cabane. On s'est blottis autour du poêle jusqu'à ce qu' l'eau s'engouffre et éteigne le feu. Toute l'île était inondée! Quand il a fait nuit, nous avions d' l'eau glacée autour d' la taille. Quelqu'un a dit qu'on d'vrait s'attacher ensemble avec une corde. J' sais point pourquoi, mais on l'a fait. Et la cabane, elle s'est mise à bouger. On a été entraînés vers la baie, j' crois. Mais cette satanée cahute, elle s'est collée entre deux arbres, et on est restés suspendus, comme des bêtes prises au piège.

LE PRÉSENTATEUR : Combien de temps a duré le coup de vent, monsieur ?

LE CHASSEUR (MAGNÉTO) : P'têt' seize, dix-huit heures. Y s'est calmé vers deux heures du mat' et on était toujours là, grelottant, attachés ensemble, et alors ils sont v'nus nous chercher, un bateau de Mooseville.

LE PRÉSENTATEUR : Qu'avez-vous fait pour garder le moral durant ce... ce cauchemar ? Je veux dire, avez-vous parlé ?... chanté ?... plaisanté ?

LE CHASSEUR (MAGNÉTO) — *(Après une pause.)* Ben on a parlé... parlé de nos familles. J' crois ben qu'on a prié aussi.

LE PRÉSENTATEUR : Merci beaucoup, monsieur. Nous sommes heureux que vous en soyez tous sortis vivants. Et soignez cette toux !

Les nouvelles de Fishport ne sont pas aussi bonnes. Les corps de deux chasseurs de canards ont été repérés sur la plage, non loin de l'endroit où leur bateau échoué avait été retrouvé.

Près de Deep Harbor la tempête a été le révélateur macabre d'un mystère non résolu. Il y a sept ans, un remorqueur avec un équipage de cinq hommes a disparu juste à la sortie du port. Selon des témoins oculaires, une minute il se trouvait là, la suivante il avait disparu. Aucune trace du bateau ou de l'équipage n'avait jamais été retrouvée. Au cours de la tempête de dimanche, les vagues ont rejeté la cheminée et la cabine de ce bateau perdu depuis si longtemps. Avec ces débris il y avait un corps, terriblement décomposé après sept étés et sept hivers au fond du lac. Deep Harbor rapporte aussi que le brise-lames en béton n'a pas résisté à l'assaut des vagues. Presque cent mètres ont été arrachés et les vagues faisaient rouler d'énormes blocs de béton comme des billes.

La tempête a aussi soulevé de nombreuses questions. Comment peut-on expliquer le comportement anormal du vent et de l'eau ? Selon le Service météorologique des États-Unis, ce fut l'affrontement de *trois* fronts de basses pressions — l'un descendant de l'Alaska, l'autre venant des Rocheuses et le troisième du golfe du Mexique. Ils se sont rencontrés au-dessus du lac.

Un porte-parole du Service météorologique a déclaré que des avis de vents forts ont été transmis à toutes les stations. Les signaux de mauvais temps sont bien connus des marins — un carré rouge avec un centre noir, au-dessus d'une flamme blanche. *Mais les skippers des grands cargos ont ignoré ces signaux. Pourquoi ?*

Un capitaine de marine en retraite, qui souhaite garder l'anonymat, a donné une explication à la station WPKX.

LE COMMANDANT ÉCOSSAIS (MAGNÉTO) : La cupidité, voilà l'explication. La cupidité ! Les propriétaires des bateaux ont fait pression sur les skippers afin d'organiser un ou deux voyages de plus à la fin de la saison. Cela signifie davantage de profits pour la compagnie, peut-être une promotion pour le skipper et un bonus pour l'équipage, ainsi ils n'ont pas tenu compte des avertissements concernant les orages. De nombreux capitaines ont tenu le pari. Mais la tempête a été beaucoup plus violente que prévu. C'était un pari qu'aucun homme ne pouvait gagner.

LE PRÉSENTATEUR : Le résultat de ce pari de dimanche dernier : huit cargos coulés... cent quatre-vingt-huit vies humaines perdues... neuf autres grands bateaux échoués ou naufragés... des millions de dollars perdus en navires et cargaisons. Mais personne ne peut estimer le coût de la terreur et du chagrin provoqués par la grande tempête de 1913. Quiconque a survécu à cette tempête ne l'oubliera jamais.

CHAPITRE XIV

— Des millions de dollars perdus... Mais personne ne peut estimer le coût de la terreur et du chagrin provoqués par la grande tempête de 1913. Quiconque a survécu à cette tempête ne l'oubliera jamais.

Le présentateur prononça ces derniers mots avec beaucoup d'émotion et repoussa son manuscrit dans un geste de regret et de douleur. La lumière s'éteignit sur la scène.

Aussitôt le public éclata en applaudissements et en bravos, se levant d'un coup.

Les lumières revinrent et Qwilleran se dressa pour saluer, tendant un bras vers son assistante qui se leva et salua. Il y eut encore plus d'acclamations. Elle regarda Qwilleran, puis ils sortirent tous les deux par la porte au fond de la scène. Maxine chuchota :

— Ces applaudissements sont assez grisants, n'est-ce pas ? Je pense qu'ils s'adressent surtout à ma perruque !

— Ils s'adressent aussi à votre présence, ainsi qu'à votre aimable introduction.

— Je n'étais jamais montée sur une scène devant

un auditoire. À l'école, j'étais trop timide pour faire partie d'une distribution, et il en était de même pour les représentations de l'école du dimanche.

Son mari surgit brusquement.

— Chérie ! Tu as été merveilleuse ! Qwill, votre jeu a été fabuleux et le scénario d'un parfait réalisme.

— Ce n'était que le reflet de la réalité, dit Qwilleran avec modestie. Tout le monde dans la salle a eu des membres de sa famille impliqués dans cette tragédie.

— Ouais, mes grands-parents l'ont vécue. Ils en parlaient toujours lors des réunions familiales. Et si vous veniez au bar pour fêter ça, Qwill ?

— Merci, mais nous célébrerons cela à la fin de la dernière. J'ai encore une journée chargée demain. Je vais rentrer à la maison pour décompresser.

— Et donner à manger aux chats, dit Gary qui avait déjà entendu ça.

En roulant vers la grange, Qwilleran évalua la réaction de l'auditoire. Dans le comté de Moose, un spectacle *live*, quel qu'il soit, était un événement particulier ; bon ou mauvais, il attirait des cris et des applaudissements frénétiques. Quant aux ovations debout, les spectateurs, croyait-il, ne se levaient que parce qu'ils s'apprêtaient à partir. À la représentation de ce soir, ils avaient applaudi l'importance de sa moustache autant que ses talents d'acteur. Lui-même savait qu'il écrivait bien et qu'il possédait d'incontestables dons d'orateur. Il avait passé tellement d'heures à faire la lecture à haute voix à ses chats !

En entrant dans la cour de la grange, ses phares

illuminèrent l'arrière du bâtiment et là, derrière la fenêtre de la cuisine, Koko lui donna une ovation, debout !

Ce chat qui était toujours un paquet d'énergie nerveuse annonçait en même temps qu'il y avait un message sur le répondeur... ou que l'heure du repas était largement passée... ou encore qu'il y avait un étranger dans les lieux. En de telles circonstances, Yom Yom se cachait toujours, l'air chagrin.

Cette fois-là, Koko avait délogé un livre de l'étagère. C'était *La Chasse au snark*, qui ne figurait pas parmi les préférés de Qwilleran. Il y substitua les poèmes de Robert Service et se berça aux rythmes virils du Yukon. *Une bande de garçons poussaient des cris de joie dans le saloon malamute.*

Simmons arriva le samedi matin par la navette. Qwilleran alla le chercher à l'aéroport.

— Janice est une femme charmante, déclara le visiteur. Je suis heureux qu'elle se marie enfin. Qui est le gars ?

— John Bushland, un photographe de talent reconnu et l'un de mes meilleurs amis. Il aime être appelé Bushy et en fait une plaisanterie car il perd ses cheveux [1].

— J'espère qu'il aime les gaufres. Et les perroquets. Où a lieu le dîner ?

— À l'*Auberge Boulder*, un endroit pittoresque sur les rives du lac. Vous et moi arriverons de bonne heure, et l'aubergiste vous cachera dans son bureau avec un verre. Je me joindrai aux autres sur la ter-

1. *Bushy* : broussailleux. *(N.d.T.)*

rasse dominant le lac et juste au moment où nous commencerons à porter des toasts aux nouveaux mariés, vous ferez votre entrée...

— Et la mariée aura une crise cardiaque, conclut Simmons.

Ils étaient arrivés à la grange, où Simmons avait été invité lors de sa précédente visite.

— Elle n'a pas l'air d'avoir un jour de plus, remarqua-t-il en regardant la grange centenaire.

Il fut accueilli par les siamois qui le traitèrent comme un vieil ami.

— Ce sont de très belles créatures, dit-il. Le plus gros a l'air terriblement intelligent, si vous voulez mon avis, et la petite est une séductrice !

Ils étaient assis dans l'espace salon avec du café et des shortbreads écossais.

— Vous savez, Qwill, poursuivit-il, je n'ai jamais fait très attention aux chats, mais ma mère — elle s'appelait Lottie — en était folle. Après sa mort, j'ai commencé à voir les chats à travers ses yeux. Quand je rencontrais un chat inconnu, je savais exactement ce que Lottie aurait dit. Cela m'a toujours remué.

— Considérez que c'est votre héritage de Lottie, dit Qwilleran. Ma mère est morte alors que j'étais à l'université où je m'intéressais surtout aux orchestres de jazz et au base-ball. Soudain j'ai été intéressé par les *mots* ! Je me suis tourné vers le journalisme, j'ai commencé à écrire un livre et j'ai rejoint le Club Shakespeare. Je ne peux expliquer cela que d'une seule façon : elle m'avait transmis son amour des mots. Elle était bibliothécaire.

À dix-sept heures ce même jour, Simmons était

caché dans l'*Auberge Boulder*, tandis que Polly et Qwilleran étaient sur la terrasse en compagnie du couple de nouveaux mariés et de leurs témoins. Bushy, Roger et Qwilleran s'étaient liés d'amitié, après avoir échoué sur une île, au cours d'un violent orage d'été.

Les trois couples portaient des tenues de fête, mais décontractées. Janice, Sharon et Polly portaient des robes pastel à manches courtes, et les trois hommes des vestes d'été blanches, des chemises d'été, et pas de cravate.

Les hommes échangeaient leurs souvenirs sur leur naufrage quand un autre homme portant une veste d'été bleu pâle vint se joindre à eux.

Janice s'écria :

— Simmons ! Que faites-vous là ?

— Je cherche seulement un verre, dit-il.

Caché sous sa veste, il y avait un carnet d'écolier très écorné qu'il tendit à la jeune mariée.

— *Les Secrets du club de Thelma* !

Janice fut bouleversée.

— Je crois que je m'évanouirais si je n'étais aussi heureuse !

Quand on demanda aux jeunes mariés quels étaient leurs projets, ils répondirent qu'ils allaient s'installer dans la merveilleuse maison de Thelma sur Pleasant Street. Bushy n'aurait plus besoin de louer un local commercial, une chambre noire serait installée au sous-sol ; Janice apprenait les secrets du développement et du tirage ; les portraits photographiques seraient dorénavant exécutés dans un des salons de la maison.

Puis ils invitèrent chaque invité pour le lendemain : une croisière sur le lac pour visiter les îles pittoresques, avec un pique-nique à bord, en jetant l'ancre près du phare. Bushy possédait un grand bateau de plaisance appelé le *View Finder*, et Janice était réputée pour ses excellents repas de pique-nique. Et ils veilleraient à ce que Simmons arrive à temps à l'aéroport pour la navette de dix-sept heures.

Simmons accepta l'invitation avec plaisir ainsi que les MacGillivray et Polly.

Seul Qwilleran dut décliner cette offre, car il avait une matinée à quatorze heures.

Puis chacun y alla de son histoire : Simmons, sur le club de Thelma ; Janice, sur les perroquets de Thelma ; Polly, sur les questions embarrassantes posées aux bibliothécaires.

Le dîner fut servi dans la loggia vitrée. La table ovale était recouverte d'une nappe de banquet blanche, garnie des deux coupes de lis blancs et jaunes. Ils bavardèrent avec exubérance, racontèrent sans fin des souvenirs, rirent beaucoup et passèrent un bon moment. Si quelqu'un le remarqua, le repas était excellent et l'arrivée du dessert coïncida avec le coucher du soleil au-dessus du vaste lac.

La réunion se termina par des étreintes, des serments de mains et des félicitations. Les Bushland et les MacGillivray emportèrent les coupes de lis. Qwilleran reconduisit Polly au Village Indien et retourna à la grange avec son invité.

Simmons remarqua :

— Polly est une femme très intéressante. On entend rarement une voix aussi mélodieuse. A-t-elle déjà été mariée ? Quelle est cette librairie dont elle parle ?

— Elle va être construite au centre de Pickax, à

l'endroit où la boutique de l'ancien bouquiniste, qui occupa les lieux cinquante ans, a été incendiée.

— A-t-on attrapé le coupable ?

— Lui et ses deux complices sont en prison. Le vieux bâtiment avait été construit en 1850 par un forgeron qui se transformait parfois en pirate. On prétendait que son butin avait été enfoui sous un terrain qui était devenu un parking. Quand on a inauguré les travaux de la future librairie, des milliers de personnes sont venues de tout le comté pour assister à la mise au jour des pièces d'or du pirate. Son coffre a été retrouvé mais il était vide.

— Comment a réagi la foule ? Y a-t-il eu une émeute ?

— Les gens ont trouvé que c'était là une bonne plaisanterie. Nous sommes dans le comté de Moose, pas à Los Angeles !

En arrivant à la grange, Qwilleran proposa :

— Puis-je vous offrir un dernier verre ?

— J'aimerais essayer cette eau de Squunk que vous buvez toujours.

— Rouge ou blanche ?

— Ah ? Rouge !

Ils s'installèrent devant la grande table à cocktail carrée et Qwilleran lui remit un livre :

— Emportez-le chez vous. C'est une collection de légendes qui vient juste d'être publiée — sur les pirates, les fantômes et d'autres sujets. Vous pourrez les lire à vos petits-enfants. Leur faites-vous la lecture ?

— Bien sûr, mais mon petit-fils qui a huit ans commence à me faire la lecture lui-même ! Lisez-vous toujours des histoires à vos chats ?

— Oui, et le jour où Koko se mettra à *me* faire la lecture, je commencerai vraiment à m'inquiéter !

— Quel est ce livre sur le tapis ? demanda Simmons.

— Koko n'arrête pas de le jeter par terre, espérant que je me mette à le lire à haute voix sans doute. C'est *La Chasse au snark.*

— Qu'est-ce qu'un snark ? On dirait un mot écrit à l'envers.

— C'est un compromis entre *snake*[1] et *shark*[2]. Ce sont des vers sans queue ni tête. Koko semble sentir que c'est écrit par l'auteur d'*Alice au pays des merveilles*, qui est l'un de ses favoris.

Sachant que l'on parlait de lui, Koko se manifesta.

— Quel garçon amical, n'est-ce pas ? remarqua Simmons.

— Il sait que vous êtes flic. Koko aime les policiers.

— Cela me fait penser qu'au téléphone vous m'avez parlé d'un incident survenu sur votre propriété. De quoi s'agit-il ?

— J'ai un terrain d'une quarantaine d'hectares au bord du lac, et un homme bien vêtu y a été tué — ou plutôt exécuté — dans une zone boisée. Pas de pièces d'identité ni d'objets de valeur sur le corps. Le SBI s'occupe de l'affaire. Entre-temps, le chef de la police de Pickax m'a dit qu'il y avait eu une affaire similaire dans le nord du Michigan.

Simmons acquiesça.

---

1. Serpent. *(N.d.T.)*
2. Requin. *(N.d.T.)*

— Je me souviens en effet d'un cas identique. Ce gars fréquentait un bar de sportifs, où il parlait de chasse et de pêche et prétendait connaître un endroit idéal pour un pavillon de chasse. Il montrait des photos d'un lac survolé par des canards et d'une rivière à truites avec une chute d'eau. La propriété appartenait, disait-il, à l'un de ses amis qui devait la vendre : un jugement l'avait condamné à payer une pension alimentaire à ses enfants ou à aller en prison. Il la céderait pour le dixième de sa valeur. Il trouva un gogo qui partit avec lui et son ami — escroc comme lui — pour les collines. Ils avaient un faux plan cadastral, un faux titre de propriété... et un vrai revolver. Le pauvre type avait l'argent liquide, et ce fut sa fin et celle de sa belle affaire !

— A-t-on résolu ce cas ?

— Pas jusqu'à ce que cela se reproduise dans un État voisin et que les enquêteurs puissent remonter la piste. Le pire de tout, c'est qu'il y a toujours une poire prête à croire à une affaire mirifique !

— J'ai entendu dire que ces fraudes foncières sont très courantes, parce que les gens sont ignorants ou avides.

Koko regarda son assiette vide et dit :

— Yao !

— Pourquoi me regarde-t-il ainsi ? demanda Simmons.

— Consultez votre montre.

— Il est onze heures.

— Il veut son en-cas du soir. Voulez-vous le lui servir ?

— Moi ? Que faut-il faire ?

— Voyez-vous ce pot en verre sur le comptoir de la cuisine ? Il contient des croquettes faites maison. Versez-en une demi-tasse dans une assiette et un peu moins dans l'autre. Puis posez-les sous la table de la cuisine. Koko est servi à droite.

Simmons suivit les instructions en disant en même temps :

— Regarde, M'man ! Je donne à manger à un chat !

Pour la matinée du dimanche il y eut une autre salle comble à l'*Hôtel Booze* et il y régnait une ambiance surexcitée. Des spectateurs avaient entendu dire par des parents et des amis que l'émission imaginaire racontait une histoire familiale. Au cours de la représentation, on entendait parfois un sanglot étouffé, venant peut-être de la petite-fille du fermier enterré sous une avalanche de neige dans sa propre grange, ou du descendant d'un des sauveteurs ayant participé à un héroïque sauvetage. À la fin du spectacle, ils sautèrent sur la scène avec des compliments et des serrements de mains.

Parmi eux se trouvait Thornton Haggis, qui était cité dans le programme pour ses recherches historiques.

— Qwill ! Espèce de petit malin ! Vous avez su donner vie à mes notes mortes !

— Venez à la grange un jour de cette semaine pour que nous célébrions cela ensemble, dit Qwilleran.

Comme il rangeait ses affaires, Gary surgit dans ce qui faisait office de loge, un téléphone sans fil à la main.

— Un appel pour vous, Qwill. Elle dit que c'est urgent.

Susan Exbridge était à l'appareil, sans son habituelle désinvolture.

— Qwill, pouvez-vous venir dès que possible à l'inauguration de *Mount Vernon* ? Quelque chose de terrible vient de se produire ! J'ai besoin de vous parler.

— Où vous trouverai-je ? Y a-t-il foule ?

— Pas trop. Je vais surveiller votre arrivée par Parkway et je vous attendrai devant. Venez m'y rejoindre et nous pourrons parler en privé.

Intrigué par cet appel, il demanda à Maxine de terminer le rangement et il sortit de l'hôtel par la porte de service.

CHAPITRE XV

L'inauguration du musée-mémorial Carroll ne devait pas être un spectacle public. C'était plus une cérémonie et un évènement symboliques. Lorsque Qwilleran arriva, en réponse à l'appel urgent de Susan Exbridge, il trouva des voitures garées de chaque côté de Parkway, y compris les fourgonnettes des photographes et la limousine de l'aéroport louée par l'équipe de télévision du Pays d'En-Bas, mais il y avait peu de personnes en vue. Tout le monde était à l'intérieur, comme il l'apprit plus tard. Susan attendait sur le trottoir devant le bâtiment, pour faire signe à Qwilleran.

Quand il s'arrêta, elle ouvrit la portière et sauta à l'intérieur du véhicule.

— Garez-vous ici, dit-elle.

— Où est Edythe ? Comment va-t-elle ?

— Pour tout le monde... elle va très bien. Lors de la cérémonie sous le portique, elle a remis les clefs au maire et accepté une brassée de roses. Un prêtre a donné sa bénédiction et maintenant ils sont à l'intérieur — avec des dirigeants de la société historique — et ils prennent le thé. Quand ce sera terminé, je la reconduirai chez elle... J'ai besoin de votre avis, Qwill.

— Dans ce cas, il faut me mettre au courant. Attendez que je me gare convenablement.

Il trouva une place d'où ils purent voir les dignitaires quitter le bâtiment et il porta brièvement la main à la poche de sa veste quand Susan commença à parler.

— Bon, pour commencer... Edythe a toujours évité les feux de la publicité et son mari a toujours veillé à l'en préserver. Ils ont ainsi connu cinquante ans de bonheur ensemble : le Dr Dell et la ballerine ! C'était un véritable roman d'amour. Sachant cela, j'étais certaine qu'elle serait nerveuse avant l'inauguration, aussi lui ai-je offert de rester auprès d'elle. Nous avons dîné ensemble, hier soir, au restaurant de la résidence, et j'ai passé une nuit assez inconfortable sur un divan dans la chambre d'ami où elle a son métier à tisser et la bicyclette d'intérieur de son mari dont elle ne veut pas se séparer.

» Ce matin, nous prenions un agréable petit déjeuner dans son appartement quand le réceptionniste a appelé pour dire qu'une jeune femme se prétendant la petite-fille de Mrs. Carroll était là et demandait qu'on la laisse monter.

» Edythe donna son accord, mais parut inquiète. Elle murmura : "Que puis-je faire ? Elle est ma chair et mon sang." Les gens âgés de la région parlent toujours de "leur chair et leur sang" pour excuser tout ce que font les autres. Je déteste cette expression ! Mais la sonnette tinta et derrière la porte se trouvait "la chair et le sang" d'Edythe. Une jeune femme qui ressemblait à une clocharde avec un vieux sac de campeur. Edythe la serra dans ses bras sans paraître enthousiaste et lui demanda comment elle était venue là.

» Alicia répondit : "J'ai fait du stop. Je suis fatiguée de camper n'importe où. Je veux rester ici. Je dormirai par terre si tu n'as pas de lit à m'offrir." Edythe lui montra la chambre d'ami avec la salle de bains et lui donna des serviettes.

» Après une douche et un changement de tenue, la jeune femme avait toujours l'air d'être une clocharde, et j'étais persuadée qu'elle voulait assister à l'inauguration et embarrasser sa grand-mère.

» Alicia reprit : "Je veux seulement rester ici, pédaler sur la bicyclette de grand-père et pleurer, pendant que tu distribues mon héritage dans cette ville pourrie !"

» Edythe répondit : "Tu n'as pas besoin d'une maison de six chambres. Tu bénéficies de deux trusts et d'autres biens." J'ai trouvé cela consternant et je me suis excusée, disant que je reviendrais à deux heures pour la conduire à l'inauguration. J'avais des clients dans l'immeuble, qui voulaient vendre du mobilier dont ils ont hérité. Quand je suis revenue, Edythe était habillée et prête à partir — portant cette soie bleu lavande qui va si bien avec ses cheveux blancs et son teint d'albâtre. J'ai été surprise et atterrée devant son visage blême, ses traits tirés. Ce n'était pourtant pas étonnant ! Alicia avait juste inventé un horrible mensonge : que le Dr Dell avait abusé d'elle quand elle était au lycée, et que c'était la raison pour laquelle elle était partie immédiatement après avoir obtenu ses diplômes.

» Ce n'est pas vrai, Qwill, j'en suis certaine, mais cette horrible fille sait comment blesser sa grand-mère. Pas une seule personne intelligente à Brrr ne croira un tel mensonge, mais il y a toujours des gens malveillants qui se complaisent à répandre de vilaines rumeurs.

Qwilleran éteignit discrètement son magnétophone et dit en hésitant :

— Y a-t-il quelque chose que je puisse faire ? Je trouve cela vraiment déplaisant.

— Oui ! Accepteriez-vous de revenir avec nous après l'inauguration ? Sous prétexte de prendre une tasse de thé, mais en réalité parce que vous êtes quelqu'un d'important et que votre présence ne pourra lui faire que du bien. Ce n'est pas Edythe qui vous le demande, c'est moi.

Qwilleran « changea de vitesse » comme il aimait le dire. Il devint « une personne importante » au lieu d'être « un acteur un peu fatigué ».

— Entrons là-dedans, dit-il, et allons serrer quelques mains.

Serrer des mains faisait partie de ses tâches au *Quelque Chose du Comté de Moose*.

Tout le monde dans le grand salon était bien habillé et Qwilleran portait ses vêtements de scène, mais il n'existe pas de règle pour les gens importants. Négligemment, il fit savoir qu'il revenait juste de jouer en matinée *La Grande Tempête*. Chacun savait que cela avait été un grand succès.

Quand il entra dans la pièce, une douzaine de personnes se tenaient debout, une tasse de thé à la main. Il y eut des exclamations. On reconnaissait la célèbre moustache de l'auteur de « La Plume de Qwill ».

D'abord, il serra la main droite d'Edythe entre les deux siennes, dit qu'elle avait l'air charmante et la félicita pour son geste magnifique qui dotait la communauté d'un trésor historique. Aucune ville ne le méritait autant !

Il serra la main du maire, un homme jovial avec une poigne solide, qui lui dit :

— Vous auriez dû prononcer le discours. Il aurait été bien meilleur que le mien !

Il serra la main du pasteur, qui lui dit :

— Ma femme et moi lisons votre chronique à haute voix à tour de rôle — elle le mardi et moi le vendredi !

Il serra la main du président de la société historique locale, qui lui demanda de venir prendre la parole lors d'une prochaine réunion.

Il but même une tasse de thé !

Quand ce fut terminé, il offrit son bras à Edythe en demandant :

— Puis-je vous escorter jusqu'à lttibittiwassee, où vivent les gens les plus convenables ? La couleur que vous portez vous sied particulièrement.

— Merci, dit-elle. Le bleu lavande est la couleur de mon anniversaire : novembre, comme vous le savez.

— Avez-vous aussi un poème d'anniversaire ?

— Je n'y avais jamais pensé avant que vous n'en parliez dans une de vos chroniques. Maintenant je vais adopter le poème favori de mon mari : le trentième sonnet de Shakespeare. Dell adorait les deux derniers vers [1] !

Dans l'entrée d'Ittibittiwassee, il fut salué de tous

---

1. *Car ma mémoire en ton amour trouve un trésor / Qui fait que je me sens l'égal de tous les rois. (N.d.T.)*

côtés, ce qui ajoutait à sa réputation de personne importante.

Lorsqu'ils arrivèrent à la porte de l'appartement 400, Edythe lui passa ses clefs. Il ouvrit, poussa la porte et s'effaça pour la laisser entrer. Elle fit quelques pas et chancela. Qwilleran la retint. Le visage d'Edythe, qui avait retrouvé son teint d'albâtre à l'inauguration, redevint d'une pâleur de cire.

— Appelez l'infirmerie ! Vite ! dit-il.

L'équipe médicale se présenta avec une civière.

— Je l'accompagne, décida Susan.

— Pensez-vous que j'aie son autorisation de faire appel à la police ?

— Sans le moindre doute !

Alors seulement Qwilleran eut le temps d'estimer les dommages. Les portes de la vitrine étaient ouvertes, et tous les souliers miniatures — quatre étagères pleines — avaient disparu. Le seul qui restait était sur le sol, brisé.

La petite chaussure Meissen sur la table de chevet était intacte.

Ailleurs, Qwilleran trouva l'affreux sac de campeur de Lish dans une corbeille à papier. La porte d'un placard était ouverte et l'on voyait divers petits bagages élégants, mais aucune grande valise. Celles-ci avaient dû être utilisées pour emporter le butin... enveloppé de serviettes-éponges ? Il n'y en avait aucune dans la salle de bains et très peu dans l'armoire à linge. Les porcelaines pouvaient avoir été déposées entre d'épaisses couches de tissu-éponge.

Susan revint dans l'appartement.

— Le cardiologue s'occupe d'elle. La police va-t-elle venir ?

— Le shérif envoie un assistant. Il — ou elle — voudra savoir le nombre et la valeur des objets volés.

— Il y a un carnet dans le tiroir du bureau. Le Dr Dell tenait des comptes précis. Edythe m'a dit un jour que la collection valait presque dix mille dollars — et c'était avant l'inflation !

Qwilleran déclara qu'il allait rester jusqu'à l'arrivée de la police et Susan dit que le Dr MacKenzie avait appelé une ambulance pour transporter la malade à l'hôpital.

Qwilleran rentra chez lui en passant par le Village Indien pour s'assurer que Polly ne s'était pas noyée. Elle venait juste d'arriver, parfaitement sèche.

— Je vois que vous n'êtes pas tombée à l'eau, dit-il. Comment était-ce ?

— La promenade en bateau était agréable, si vous aimez le bateau. La compagnie était sympathique, le pique-nique superbe. Janice m'a donné quelques sandwiches au roquefort et au crabe, sans croûte, pour les rapporter à la maison. Je ne sais pas si vous aimez ce genre de pique-nique de luxe...

— Que croyez-vous ?

— Dans ce cas, nous pourrions y ajouter quelques branches de céleri et du thé glacé, et nous installer sur le balcon...

Il aurait préféré du café glacé, mais pour le week-end du 4 Juillet, le thé glacé paraissait plus patriotique.

— Excusez-moi une minute, dit-elle, je vais enfiler quelque chose de plus confortable.

— Voyez-vous un inconvénient à ce que je branche la radio pour avoir les nouvelles de dix-huit heures?

Il écouta les résultats des matches de football... une grange avait brûlé dans Sandpit Road... et il y avait eu un accident mortel sur la grande route de Bixby, au sud du comté. Une jeune femme roulant vers le sud avait franchi la ligne jaune et heurté de plein fouet l'autobus de l'aéroport de Bixby. La victime n'avait pas été identifiée, mais elle conduisait une voiture portant une plaque d'immatriculation d'un autre État.

Polly descendait l'escalier.

— Avez-vous entendu cette nouvelle? demanda-t-elle. On se serait plutôt attendu qu'il s'agisse d'une femme âgée victime d'une crise cardiaque.

— Elle appelait son petit copain sur son téléphone portable, suggéra Qwilleran.

— Votre représentation s'est-elle bien passée?

— Le public a paru emballé. Je vous retiendrai une place pour la matinée de dimanche prochain.

— Avez-vous assisté à l'inauguration du musée, mon ami?

— Je suis arrivé trop tard pour la remise des clefs, mais à temps pour le thé. Les cookies n'étaient pas fameux.

Il y aurait eu davantage à raconter, mais il devait rentrer à la maison pour donner à manger aux chats.

Quand Qwilleran entra dans la cour, une vague silhouette poilue à la fenêtre de la cuisine indiquait que l'heure du dîner était depuis longtemps dépassée. Koko et Yom Yom se perchèrent tous les deux sur le comptoir de la cuisine, le surveillant pendant qu'il disposait la nourriture de façon alléchante dans deux assiettes, l'une plus copieusement servie que l'autre. Au milieu de la corvée le téléphone sonna et Qwilleran décrocha l'appareil mural en s'attendant à un rapport de Susan Exbridge.

C'était Gary Pratt.

— Qwill, avez-vous entendu les nouvelles de dix-huit heures ? Un accident mortel sur la grande route de Bixby ? C'était Lish Carroll !

— Comment le savez-vous ?

— Un assistant du shérif avec lequel j'étais au lycée est venu au bar. Nous la connaissions tous les deux et pensions que c'était un phénomène.

— Comment se fait-il qu'elle ait été au volant ? Je croyais qu'on lui avait refusé le permis.

— Qui sait ? Personne n'a jamais pu prédire ce qu'elle allait faire. Bon. Je dois retourner au travail. J'ai pensé que vous aimeriez être au courant.

La première pensée de Qwilleran fut : qu'est-il arrivé aux petits souliers de porcelaine ?

Sa seconde réaction fut de téléphoner à Susan pour lui apprendre l'accident. Le médecin d'Edythe déciderait peut-être de censurer les nouvelles à son chevet.

Susan venait juste de rentrer de l'hôpital. Elle était complètement épuisée.

— Je joue la grande sœur auprès d'Edythe depuis vingt-quatre heures. Je vais appeler immédiatement le Dr MacKenzie pour lui faire part de cette nouvelle. Il dit que c'est une femme courageuse. Il veut la garder une semaine à l'hôpital en observation. Edythe n'y voit pas d'inconvénient. Elle le trouve charmant... et il est veuf.

Cette mission terminée, Qwilleran donna à manger aux chats et se prépara à satisfaire sa propre faim de loup, car sa performance de l'après-midi avait été épuisante. Il commença par se servir une soupe au bœuf et à l'orge perlé de chez le traiteur et se confectionna ensuite un héroïque sandwich au jambon avec du pain de seigle agrémenté de quelques cornichons à l'aneth.

Il n'avait pas plus tôt allumé le gaz sous le consommé que Koko se mit à exécuter un de ses numéros particuliers. Il monta et descendit du comptoir de la cuisine, pressa son nez contre la vitre de la fenêtre qui donnait sur la voie d'accès à la cour. Il se passait quelque chose d'important. Le chat était suffisamment perturbé pour suggérer que c'était une voiture de pompiers ou un tank militaire.

Qwilleran sortit pour se livrer à une investigation, couvrant d'abord la casserole contenant le potage et cachant le sandwich dans un placard à l'épreuve des chats. Quand le véhicule sortirait du bois, on entendrait plus distinctement le bruit du moteur et le crissement des pneus sur le chemin caillouteux. Il n'y eut rien de tout cela. Seul un piéton solitaire apparut, se traînant péniblement à travers les bois. Il portait des bottes, un jean élimé, une veste trop large et des cheveux longs. Il représentait ce qu'il restait de l'équipe Lish et Lush.

CHAPITRE XVI

Qwilleran s'avança à la rencontre de ce voyageur épuisé.

— Clarence! D'où venez-vous?

— Du camping, articula le jeune homme comme si c'était son dernier souffle.

— Les Grands Chênes? Mais c'est à quinze kilomètres d'ici! J'espère que vous avez pu faire de l'auto-stop?

C'était peu probable; les automobilistes locaux n'étaient guère disposés à prendre des auto-stoppeurs avec une coupe de cheveux différente de la leur.

— Avez-vous mangé, Clarence?

Le jeune homme secoua la tête.

— J'ai pas pu. Elle est partie. Sans me laisser d'argent.

— Eh bien, entrez dans le belvédère, je vais vous servir un bol de soupe et un sandwich au jambon.

Il désigna une chaise longue à Clarence en ajoutant :

— Allongez-vous là. Retirez vos bottes et mangez quelques noisettes en attendant. Aimeriez-vous un jus de fruit?

— Pas de bière?

— Non. Désolé.

Il avait de la bière — et bien d'autres choses — dans le bar, mais il préférait ne rien lui donner d'alcoolisé.

Dans la grange, il réchauffa le bouillon et glissa une autre tranche de jambon dans le sandwich. Les chats le surveillaient, Yom Yom perplexe, Koko intrigué. Le chat aimait savoir qui était qui, pourquoi et comment. Qwilleran se demandait de quelle façon annoncer la nouvelle de l'accident de voiture. Pour ce qu'en savait son chauffeur, Lish était seulement « partie »... et comment diable entretenir une conversation avec ce garçon laconique ?

Quand Qwill regagna le belvédère, l'invité engloutit le repas que l'hôte s'était préparé pour lui-même, mais c'était là une des bizarreries de la vie de l'héritier Klingenschoen.

Qwilleran s'en tint aux questions désinvoltes :

— Depuis combien de temps travaillez-vous pour Lish ?

Longue pause.

— J'sais pas !

— Il est difficile de se souvenir de ce genre de chose, n'est-ce pas ? Le temps passe si vite ! Vous a-t-elle laissé un mot ?

L'autre secoua la tête en continuant à mâcher.

— Avez-vous idée où elle comptait aller ?

— Non.

— Où se trouve votre propre maison ? Si je peux me permettre cette question sans être trop indiscret ?

— J'en ai pas.

— Vous traînez juste n'importe où ?

Le garçon acquiesça de la tête.

— Bien sûr. Je suppose que les jeunes aiment ce

style de vie, dit Qwilleran en s'efforçant de ne pas avoir l'air de porter un jugement.

» Lish est une femme brillante. Elle dit que vous êtes un bon conducteur. Aimez-vous votre travail ?

Nouveau hochement de tête.

— Quel autre travail faites-vous pour elle ?

— J'suis son tireur, dit Lush avec une sorte d'orgueil.

— Vous voulez dire, avec un appareil photo ? Est-elle dans la photographie ?

Pour toute réponse le « tireur » ouvrit sa veste et montra quelque chose qui brillait dans un holster, près de sa cage thoracique.

— Super ! dit Qwilleran, faute d'un meilleur mot.

Il réfléchit avant de poser la question suivante :

— Aimeriez-vous une crème glacée ? J'en prendrais bien une moi-même. La voulez-vous avec de la crème au chocolat ?

Il apporta deux assiettes en disant :

— Il n'y a rien de tel qu'une bonne crème glacée après une dure journée. Et maintenant, parlez-moi de votre travail de « tireur ». Ce doit être intéressant.

— Je n'l'ai fait que deux fois.

— Vous souvenez-vous où c'était ?

— Le dernier, c'tait près d'la plage, non loin d'ici. Et l'aut'e fois, dans l'nord.

— Qui étaient les gars ? Le savez-vous ?

L'autre eut un haussement d'épaules pour toute réponse.

— J'espère que votre patronne a été satisfaite de vos services. Je suppose que vous êtes revenus ici pour célébrer l'événement ?

194

— Non. Elle était furieuse cont'e sa grand-mère. J'ai cru qu'elle voudrait un aut'e flingage, mais non.

Qwilleran réfléchit, toute cette histoire pourrait être une farce si elle n'était pas aussi tragique.

— Qu'allez-vous faire maintenant qu'elle a pris sa voiture ?

— Elle reviendra.

— Je ne le pense pas, Clarence. Elle a eu un accident cet après-midi. On l'a annoncé à la radio. Elle s'est tuée.

Le jeune homme le regarda fixement.

— M'avez-vous entendu ? Elle est morte sur le coup. La voiture a été complètement écrasée.

Avec ce qui ressemblait à un accent de regret, Clarence murmura :

— Et moi qui la t'nais toujours si prop'e !

La remarque de ce malheureux garçon parut révélatrice à Qwilleran. Sa patronne était morte, sa voiture accidentée et il s'inquiétait uniquement de l'état du véhicule qu'il entretenait avec tant de soin. Puis il remarqua autre chose : ses pupilles anormalement dilatées. Ce garçon se droguait. Qwilleran avait été accro lui aussi, mais à l'alcool — sans abri, sans argent, sans travail, sans ami. Puis des inconnus l'avaient sorti de la vallée de la Mort — littéralement. Et l'accident l'avait remis sur pied. Mais lui n'avait tué personne ; Clarence avait abattu cet homme près de la plage. Lish avait fomenté toute l'histoire, trouvé la victime et peut-être fait main basse sur le butin. Tout cela était maintenant effacé par la collision frontale avec l'autobus de Bixby, laissant Clarence face à la triste situation. Qu'il soit défoncé au crack ou simple d'esprit ne changeait rien à l'affaire. C'était lui qui avait tiré et il était dans un sale pétrin.

— Qu'allez-vous faire maintenant que Lish n'est plus là? demanda Qwilleran. C'est vous qui avez tiré et vous allez être accusé des deux meurtres. Vous rendez-vous compte que vous allez être arrêté, jugé, envoyé en prison?

Les pupilles sombres semblèrent se dilater encore davantage dans ce visage pathétique et roulèrent d'avant en arrière.

— Je vais téléphoner à mon avocat, dit Qwilleran. Il fera tout ce qui sera possible pour vous aider. Je dois rentrer dans la maison y chercher son numéro et essayer de le joindre. Je vous envoie mon ami Koko pour vous tenir compagnie. Aimez-vous les chats?

Clarence acquiesça sans enthousiasme.

Qwilleran revint avec Koko dans son sac en toile qu'il posa sur la table près du coude de Clarence. L'homme et le chat se regardèrent d'un air interrogateur tandis que Qwilleran retournait rapidement dans la grange.

Tout d'abord, il remplit son devoir civique : il téléphona à Andrew Brodie. Le chef de la police de Pickax était toujours chez lui devant son poste de télévision le dimanche soir.

— Andy, j'ai des nouvelles pour vous! L'homme qui a abattu un inconnu sur ma propriété est dans mon belvédère, jouant avec Koko. C'est un pauvre type, et ça m'ennuie d'être obligé de le livrer. Je pense que sa complice l'a volontairement drogué pour l'obliger à exécuter ses ordres. Elle s'est tuée aujourd'hui dans l'accident du bus de l'aéroport.

Qwilleran sursauta en entendant un coup de feu.

— Oh ! Seigneur ! A-t-il tué Koko ?

Lâchant le téléphone, Qwilleran se précipita dans le belvédère... Il y trouva le chat sur la table, faisant le gros dos, les poils hérissés, sa queue ayant quadruplé de volume. Dans son fauteuil, Clarence était affalé. Du sang s'écoulait d'un trou dans sa tempe.

Qwilleran revint en courant au téléphone et bredouilla :

— Andy... Andy... Il y a du nouveau...

— Ne bougez pas. Ne le laissez pas s'enfuir.

— Il n'ira nulle part. Faites venir le fourgon mortuaire ! cria Qwilleran.

CHAPITRE XVII

Les commères n'eurent guère de grain à moudre.
Comme d'habitude, la police locale et les médias
respectèrent le désir d'anonymat de Qwilleran. Les
auteurs des homicides étaient morts et Koko, seul
témoin du suicide, ne parlerait pas. Edythe Carroll
était de retour dans son appartement d'Ittibittiwassee, sous la surveillance étroite du Dr MacKenzie,
avec sa collection de souliers en porcelaine miniatures. Ils avaient survécu à la collision grâce à la
robustesse des valises, au fait que celles-ci étaient
placées à l'arrière de la voiture et que les bibelots
étaient enveloppés d'épaisses serviettes-éponges.

L'évolution des événements permettait à Qwilleran de se consacrer à sa chronique « La Plume de
Qwill » et à ses représentations de *La Grande Tempête* qui avaient lieu deux fois par semaine devant
des salles combles. Polly Duncan et les Riker assis-
tèrent à la deuxième matinée, après quoi ils se réunirent pour un pique-nique dans le belvédère : les
boissons étaient offertes par Arch, le ragoût en
cocotte par Mildred, les bâtonnets de céleri et le
dessert basses calories par Polly.

— Comment se fait-il que cet endroit paraisse aussi propre ? demanda Riker, maître dans l'art des compliments brutaux.

— Les chats y passent beaucoup de temps et ils perdent leurs poils, il était grand temps de procéder à un nettoyage complet.

La vérité était que ces chats tatillons avaient boy-cotté le belvédère depuis le coup de revolver et refusé d'y retourner tant que l'équipe de nettoyage n'était pas passée pour tout récurer et laisser une réconfortante odeur de détergent.

Les quatre amis se lancèrent dans une très vive conversation en buvant des rafraîchissements, félici-tant Qwilleran pour son jeu, célébrant Maxine pour son sang-froid, Mrs. Carroll pour sa munificence et la ville de Brrr pour son courageux anniversaire.

— Qui diable a pu penser à ce gâteau d'anniver-saire géant ? demanda Mildred.

— Gary Pratt, dit Riker. Il est un peu piqué. Pourquoi se promène-t-il partout avec cet air d'ours mal léché ?

— Parce qu'il est président de la chambre de commerce, expliqua Qwilleran, que nous sommes dans le comté de Moose et qu'il peut prendre l'air qu'il veut.

— Set ! concéda Arch, assidu des matches de tennis à la télé. Parlons plutôt de la librairie. Quoi de neuf ?

Polly avait poliment attendu qu'on lui pose la question.

— Nous avons engagé un « bibliochat », un très beau chat orange aux magnifiques yeux verts, et nous examinons des échantillons de moquette pour les assortir à ses yeux. Nous avons aussi engagé un ancien professeur de l'Académie des arts de Lockmaster qui travaillera à mi-temps.

— Quel est son nom ? demanda Mildred qui se flattait de connaître tout le monde.

— Alden Wade. Le nom du chat est Dundee. J'ai une photographie de lui dans mon sac. Aimeriez-vous la voir ?

— Le professeur ou le chat ? demanda Arch.

— Mon mari est un Archi-coquin ! dit Mildred.

Les marques crème et abricot de Dundee, son apparence alerte et ses yeux fascinants furent unanimement admirés.

Puis Arch demanda :

— Qwill, je ne peux résister plus longtemps. Je voudrais savoir ce qu'est cette... chose sur votre table ? dit-il en désignant un petit bloc de bois et un percuteur.

— C'est un appeau pour dindon, expliqua Qwilleran. Le Club du plein air en vendait au profit d'une bonne cause, alors j'en ai pris plusieurs pour les offrir à des amis chasseurs. J'utilise celui-ci pour taquiner Koko. Il y répond toujours. Il s'imagine qu'il a appris à jacasser !

— J'aurai tout entendu ! s'écria Riker. Rentrons à la maison !

Les invités rapportèrent les assiettes dans la grange et les femmes rangèrent la cuisine pendant que Qwilleran donnait à manger aux chats. Arch avait appris qu'il pouvait se rendre plus utile en se tenant à l'écart, aussi se contenta-t-il de se promener en faisant des commentaires.

— Je vois que vous avez un nouveau téléphone... Qui a fabriqué cet objet en bois tourné contenant des trombones ?... Je vois que Koko a jeté un des livres d'Oncle Wiggley[1] par terre... Faites-vous toujours la lecture à haute voix aux chats ?

Les invités s'en allèrent et Qwilleran transporta les chats dans le belvédère dans leur sac en toile, avec un livre sur un lapin qui portait un chapeau haut de forme et avait des manières distinguées. Yom Yom avait glissé subrepticement son dé d'argent dans le sac et commença à le faire rouler sur le sol en béton. Koko était assis sur son derrière près d'une vitre comme s'il espérait quelque chose.

— Attends-tu le facteur ? demanda Qwilleran. Le Père Noël ? Godot ?

Le chat se retourna et le regarda avec dérision, lui sembla-t-il.

Soudain Qwilleran se sentit fatigué, non seulement en raison de ses efforts pour son one-man show et de l'excitation de la réception qui avait suivi, mais aussi à cause de toute l'expérience Lish et Lush, arrivée à son apogée avec le suicide dans la cour de sa grange. Il sentait qu'il était urgent de prendre du repos, de se détendre et de savourer les soirées d'été, d'accorder une pause à ses cordes vocales. Il sommeilla peut-être un peu... ou bien il rêva. Il se pouvait aussi qu'il ait entendu Koko glousser et glouglouter.

Il fut soudain certain d'entendre un mouvement dans le fourré et brusquement deux dindons sauvages surgirent, suivis par une véritable horde de

1. Personnage de Howard R. Garis (1873-1962), qui en fit le héros d'une série de livres pour enfants. *(N.d.T.)*

dindonneaux — tous de la même taille. D'autres gros oiseaux avec des caroncules rouges arrivèrent du fond de la route, s'arrêtèrent en voyant la grange et se rapprochèrent en hochant la tête comme s'ils critiquaient son architecture.

Koko les avait-il invités ? Était-ce pour cette raison qu'il attendait en surveillant ?

Tandis que Qwilleran fixait la scène, la congrégation tout entière se mit à reculer dans les buissons. Les derniers à disparaître furent les dindonneaux, qui jetèrent des regards sur Koko, souhaitant peut-être rester plus longtemps.

Un miaulement à haut niveau de décibels directement dans son oreille catapulta Qwilleran hors de sa chaise longue. Koko était perché sur la table voisine.

— Petit démon ! cria-t-il.

Koko poussa du nez le volume d'histoires d'Oncle Wiggley.

Qwilleran capitula et lut à haute voix les aventures de l'honorable Oncle Wiggley. Le chat avait perdu tout intérêt pour le *Shooting of Dun McGrew*[1] et pour *La Chasse au snark*, mais, et cela valait la peine d'être noté, pas avant que Lish et Lush aient été identifiés comme les deux « assassins des bois ».

Simmons, qui avait remarqué que « Snark » sonnait comme un nom épelé à l'envers, serait ravi de savoir que cela donnait « Krans ». Or Kranson était le véritable nom de famille d'Alicia et de son père.

Qwilleran devait admettre que le lien était

1. Poème de Robert Service. *(N.d.T.)*

absurde, sinon purement circonstanciel, mais que dire des réactions de Koko face à Lish et cela dès le tout début ? Il avait grogné quand elle se promenait sur la plage, sifflé en écoutant son message au téléphone ! Tous les chats ont le sens du bien et du mal, mais la clairvoyance de Koko était incroyable. Il existait un fait incontestable, c'était l'authenticité de son cri de mort à vous glacer le sang, signifiant qu'une mort anormale venait de se produire, et cela pouvait se passer à deux kilomètres ou sur un autre continent, mais c'était toujours lié à un individu ou à une situation proche de la maison.

— Yao ! dit Koko en sautant sur la table près du coude de Qwilleran avec une expression indéfinissable, puis il se roula sur le dos en prenant une pose soudain très féline comme pour se gratter.

— Non ! tonna Qwilleran. Pas sur la table !

Mais Koko continua ce qu'il avait à faire.

— Niaou-ou ! cria Yom Yom avec délicatesse.

Avec son dé d'argent entre les dents, elle sauta sur les genoux de Qwilleran et lui fit l'hommage de son jouet favori.

Claude Izner
Les enquêtes de Victor Legris

Claude Izner sait recréer l'effervescence du Paris de la
fin du XIXe siècle, celui de l'Exposition universelle, du
Montmartre des artistes, des petits théâtres, des rues
sombres, dans la tradition d'un Eugène Sue et de ses
Mystères de Paris. Victor Legris, propriétaire d'une
librairie rue des Saints-Pères, se voit chargé de résoudre
des cas mystérieux, touchant ses proches, comme son ami
et associé, le Japonais Kenji Mori. Au fil des différentes
affaires, le libraire de « L'Elzévir » s'improvise détective,
jusqu'à ce que cela devienne une véritable passion !

n° 3505 – 7,30 €

Stuart Palmer

Les enquêtes de Hildegarde Withers

Dans le New York des années trente, gratte-ciel et
constructions de toutes sortes poussent comme des
champignons, tandis que progrès techniques et gigantisme
envahissent le quotidien des citadins, la ville devenant le
lieu d'une violence anonyme. Institutrice à la retraite, Miss
Hildegarde Withers se consacre avec détermination à la
délicate tâche qu'elle s'est imposée : démasquer des
criminels d'un genre nouveau. Une forte tête, pionnière d'un
féminisme en pleine émergence, qui se passerait bien de
l'inévitable inspecteur Oscar Piper, toujours sur son chemin !

n° 3610 – 7,30 €

Impression réalisée sur Presse Offset par

BRODARD & TAUPIN

GROUPE CPI

La Flèche (Sarthe), 36245
N° d'édition : 3608
Dépôt légal : mai 2004
Nouveau tirage : juin 2006

Imprimé en France